INSTANTES

Cuentos

Rosalba Gómez

Primera edición, 2014

ISBN 978-1496074416

Contacto: chavita.matahari@gmail.com

Para Alex y Cristina

A mi esposo,

A mis hijas,

A mi maestra Citlali Ferrer,

A todos mis compañeros del taller de narrativa,

Al Dr. Alejandro Cuevas S.,

A la Psic. Ruth López Téllez,

Agradezco a todos por su apoyo.

ÍNDICE

Prólogo   i

Introducción   ii

1.-   Naufragio   1

2.-   Inspiración   5

3.-   Madam Cucu   8

4.-   Anís del Mono   12

5.-   Liberación   17

6.-   Amor añejo   21

7.-   Yolanda y Nacho   26

8.-   El sueño   31

9.-   Escuela de Baile   34

10.-   Maldad   40

11.-   Instantes   43

12.-   El maniquí   46

13.-   Siquiriro   49

14.- La decisión   53

15.- Pureza   55

16.- La cita   59

17.- Mariana   62

18.- Otoño   69

19.- Extraña situación   71

20.- Dora, la artista   74

21.- El hechizo   75

22.- Las cuerdas   78

Palabras de la autora   85

PRÓLOGO

Los personajes –hombres y mujeres- de los cuentos escritos por Rosalba Gómez, son héroes y heroínas de la vida cotidiana que enfrentan con especial soltura y acierto, entre otras muchas situaciones, el engaño, abandono, soledad, abuso o miseria. Ella, no se arredra ante la siempre esperanzadora problemática de sus personajes ni ante las palabras que los escenarios descritos requieren, pues siempre resuelve con naturalidad y agudeza, las situaciones planteadas. Por lo que se advierte que la temática que la ocupa, alude con insistencia a la liberación de ataduras existenciales, ya sea que estas constriñan la vida sexual, social, económica, religiosa o familiar. Para conseguir esa emancipación se percibe un manantial en gestación, el de la alegría y el buen humor. Recursos indispensables para transitar con éxito por los vericuetos de la existencia que han hecho de la autora una heroína de su propia cotidianidad.

Recomiendo la lectura de estos cuentos a quienes se supongan atrapados (as) en la prisión que ellos (as) se hayan construido. Felicidades a Rosalba y que este sea el primero de muchos ensayos narrativos.

Alejandro Cuevas Sosa.

Ciudad de México, enero del 2014.

INTRODUCCIÓN

Rosalba es una narradora que se forjó en uno de mis talleres literarios. En sus cuentos, dotados de muy buen arranque y cierres sorprendentes que no sorpresivos, aborda la problemática femenina y los vericuetos de las relaciones humanas. Su prosa es cuidada y con buen ritmo narrativo. Suele ser juguetona, a veces cruda, pero siempre de entre sus líneas se asoma la nostalgia y el aliento de vida.

Citlali Ferrer.

NAUFRAGIO

Se cree, que en la tragedia no existe nada que puede apaciguar el alma, pero no es así.

La balsa surgió en medio de las turbulentas aguas. Sin tiempo que perder los hombres se arrojaron para abordarla. Elías, fue de los primeros en llegar. En ese momento, manos solidarias se extendieron para ayudarle a subir; más tarde, cuando vieron que el exceso de peso amenazaba con hundirlos, pisoteaban y quitaban las manos de los que se aferraban a ella.

La lucha fue breve, en dos horas todo había terminado y los triunfadores, quedaban en la más terrible de las soledades. Al principio no se dieron cuenta porque la fortuna de estar vivos los alegraba. Después de todo, se habían salvado. Con grandes esfuerzos lograron rescatar agua potable y víveres, que bien administrados les iban a servir para esperar la llegada otro barco.

A veces, la esperanza sólo sirve para atenuar la realidad, ésta parecía ser una de esas ocasiones, porque el convencimiento de que nadie los salvaría, llegó pronto. No eran pesimistas, pero las posibilidades que tenían de sobrevivir realmente eran pocas, por lo que una lucha interna se desató provocando ese vaivén de emociones entre la esperanza y la desesperanza.

El tiempo se deslizaba con lentitud abrumadora;   en un principio, no lo notaron, porque todo se les fue en hablar, pero cuando ya no hubo nada más qué decir, se volvió tortura. Comían una ración mínima de alimentos, pues no sabían cuánto tendrían que esperar para ser rescatados. Pese a todas esas previsiones, la comida sólo alcanzó para los primeros cuatro días. Sin nada que comer, más las largas horas de exposición al sol, empezaron a afectarlos. Los menos fuertes presentaron alarmantes síntomas de deshidratación, alucinaciones y desmayos. Su deterioro se aceleraba a gran velocidad. El primero en morir fue Teodoro. Impactados, sufrieron por la pérdida de su compañero, pero más por ellos, porque aunque nadie lo externaba, era una clara evidencia de su vulnerabilidad.

Alguien pensó, que como humano, merecía ser despedido con dignidad, por lo que tras una improvisada ceremonia lo arrojaron al mar. El siguiente par de días hubo tres decesos más; ya para entonces nadie ofrecía ninguna oración porque estaban imbuidos en el temor de ser los próximos; los aterraba tanto la idea, que empezaron a tener cambios notorios de conducta, a veces, sin justificación alguna estallaban en ira provocando un pleito; otros hablaban de proyectos futuros o simplemente se referían a situaciones recientes de manera trivial y ajena. Así fue como surgió la idea de que a partir del día siguiente, el que muriera, ya no sería tirado, pues su cuerpo serviría de alimento.

Para Elías, la decisión, aparte de descabellada, le pareció horrible. En vano intentó convencerlos de que era una medida extrema. Sus compañeros, quienes ya formaban dos grupos: los indecisos –quienes guardaban silencio- y los desesperados, que argüían que no había otra solución para salvarse. Sólo, tuvo que decidir sobre su propia persona. No fue fácil, pues en su interior el bien y el mal desarrollaban una singular lucha de culpas y perdones que finalizó al poner a prueba su destino: si en las veinticuatro horas siguientes, no eran rescatados, se arrojaría al mar.

Se daba cuenta que su decisión, como la de sus compañeros, también era extrema, pero creía, era mejor morir de ese modo que exponerse a la debilidad del hambre, la enfermedad, el salvajismo en que estaban cayendo todos por sobrevivir –considerando que el sacrificado, estuviera muerto-. Tras esas reflexiones, las lágrimas no tardaron en precipitarse. Lloraba como el ser más indefenso de la tierra, y a ratos también maldecía al destino, a la vida, a Dios, por haberlo llevado a esa terrible situación. Como si no existiera, los otros, no lo miraban, porque ellos también sostenían sus propias luchas. Lloró durante largo tiempo y cuando sintió que ya no quedaban más lágrimas por derramar, se calmó. Para entonces, la tarde declinaba y en el horizonte el sol se ponía acompañado de hermosas tonalidades color naranja, hasta desaparecer en su totalidad; el manto nocturno apareció junto con una multitud de estrellas. Ese día la luna llena se reflejaba en las tranquilas aguas del mar. De haber podido, le hubiese gustado plasmar en un lienzo esa escena que recreaba belleza y tragedia juntas, pero lamentablemente no era posible.

En la grandeza del paisaje descubrió una verdad, que no por conocida, había comprendido: -Somos una pequeñísima partícula en el universo, en un espacio donde las almas invisibles convergen y los pensamientos se unen-. Evocó a su madre en la etapa de su niñez, en todas aquellas veces en que temeroso, enfermo o triste lo sentaba en sus piernas y con sus brazos lo protegía. ¿Cómo olvidar el calor que su cuerpo emanaba, para disipar sus sufrimientos? Quiso traerla de nuevo y con intensidad la imaginó, fue así como en medio del recuerdo amado, se quedó dormido.

A la mañana siguiente se despertó sereno. Miró por última vez la inmensidad que lo rodeaba; después, llenó los pulmones de aire, y se arrojó al mar. En el trayecto peces multicolores lo rodearon en medio de esa belleza marina. La transición se dio en breves segundos, los suficientes para llenar de agua sus pulmones, después ya nada importó. Allá quedaban sus compañeros, el rescate tan esperado y todo lo demás.

INSPIRACIÓN

La tarde empezaba a declinar, ese día el calor había sido especialmente intenso. Desnudándose, se metió al agua dejando atrás las ropas en la arena y el caballete sin montar. Cuando Nicolás apareció, lo saludó agitando la mano. Le alegraba verlo. Él respondió de la misma manera e igual que ella, se desnudó para lanzarse al agua y alcanzarla; una vez que estuvo cerca, intentó tocarla, por unos momentos sus cuerpos se rozaron, pero ella, quien se agitaba para mantenerse a flote, le pidió que no lo hiciera.

-Sabes que no soy tan buena nadadora como tú, además me da miedo.

Sin decir nada se volvió a sumergir dejándola en la angustia por sus largos buceos, molesta porque sabía que lo hacía a propósito. Nadó a la orilla hasta salir caminando; no bien había avanzado un poco del tramo, donde revientan las olas, cuando él la alcanzó, tirándola, para enseguida sostener una lucha que terminó cuando ella le correspondió.

-Esperé con ansia que transcurriera la mañana para verte.

-Yo también -dijo ella.

Tendidos en la arena, el agua no alcanzaba a lavar los residuos de sexo que quedaba en sus cuerpos. Sosegados, contemplaban el cielo en silencio; después, ella le contó acerca de la primera vez que fue al mar:

-Tenía once años cuando mi padre nos llevó a conocerlo. Recuerdo la emoción al irnos acercando y ver a lo lejos la extensión azul confundirse con el cielo. Entonces pensé que quería pintarlo, y más tarde, cuando ya era grande, entregarme ahí, tal y como lo hacemos tú y yo.

La miraba recostado en su brazo y desde ahí, pudo ver que sus ojos se habían puesto soñadores, se giró para besarla con ternura; deseaba poseerla de nuevo, pero ella lo detuvo.

-Es tarde, Fermín ya debe de estar preocupado.

Se vistió mientras él la ignoraba, porque en esos momentos, sólo sentía odio por ella; no por la mujer, sino por la artista que a capricho lo usaba. Así, sentado, no dejaba de contemplar cómo el sol se empezaba a ocultar y el mar cambiaba de tonalidad. El ruido del motor y su voz, llegaron a sus oídos: -Nos vemos el viernes, te quiero pintar así, como te veo ahora.

Caminó por la vereda de adoquín iluminada por la luz de los spots. La lámpara del porche estaba encendida; en la mecedora, Fermín fumaba para apaciguar su preocupación. Al verlo, lo saludó con alegría:

-Hola amor -acercó su rostro para besarlo, pero él esquivo su boca con un movimiento de cabeza.

-Te he dicho que me molesta que llegues tan tarde, sobre todo cuando me dices que vas a estar en la playa pintando, expuesta a no sé que peligros…

-Calma cariño, sabes que me sé cuidar.

-¿Por lo menos fue el barquero aquél que escogiste de modelo?

-Si, pero me hizo enojar porque llegó tarde, así que después de hacer unas cuantas pruebas lo despedí.

-Entonces, ¿cuál es la razón para tu tardanza?

-Pase a recoger unos bastidores, voy a preparar la cena.

Entró y Fermín se quedó en el porche mirando el cielo estrellado.

- ¡Siempre es lo mismo! Si por lo menos no la amara tanto, no me importarían las horas que pasa con sus modelos, esperando encontrar la inspiración.

-¡Amor!, la cena está servida.

MADAM CUCU

Gloria las invitó a una reunión en su casa, no quiso decir cuál era el motivo porque decía: era una sorpresa. Lo único que les pidió es que fueran puntuales ya que quería aprovechar que sus hijos y marido estarían fuera.

Inducidas por la curiosidad de el "¡No faltes!", "Porque de hacerlo, te aseguro que te vas a arrepentir", hizo que a las cuatro en punto, ocho mujeres tocaran el timbre.

Apenas abrió, entraron ansiosas por descubrir cuál era la sorpresa que les había preparado. Notaron que ese día la decoración era especial. Abundaban los cojines de colores, jarrones exóticos y palmeras. En uno de los extremos, una mesa bien dispuesta, presentaba un variado bufet de platillos "engordantes" con un letrero de "Fuera Dieta" que invitaba a olvidar todas esas limitaciones que las mujeres suelen ponerse. Había también una mesa auxiliar, con botellas de tequila, brandy, vasos, copas y refrescos, sin olvidar la indispensable hielera.

Invitadas por ella, poco a poco todas se fueron acomodando en sus respectivos cojines, al tiempo de que escuchaban a su amiga proponer que el primer brindis fuera por las "Mujeres". Lo que detonó, algunos "¡Vivas!", enseguida continuó: "Les quiero decir que una sorpresa les aguarda detrás de esa puerta". Miraron hacia allá intentando imaginar lo que había detrás. "Pero hay una condición", –prosiguió- "Que sólo se mostrará después de que todas hayan bebido tres caballitos de tequila".

Confundidas por los inusual de la petición, le pidieron un adelanto, pero no consiguieron que se los diera, y como no pensaban quedarse con la duda la más impaciente empezó a servir las copas, que les llevó un buen rato consumir.

Más tarde, todas se encontraban perfectamente "relajadas". El licor las puso eufóricas. Reían y hablaban sin que nadie pudiera pararlas. Gloria decidió que se había cumplido con el requisito y les pidió que   guardaran silencio. Luego, en tono circunspecto, empezó a hablar: "La última reunión que tuvimos me dejó preocupada. Hablamos de posibles divorcios, de la infidelidad de los maridos, de mujeres "lagartonas", y de nuestra imposibilidad de ser felices. Tras mucho pensar encontré que alguien podría ayudarnos con algunos consejos, por lo que decidí traer a…". En ese instante se dirigió al muro y apagó las luces. Después, encendió las lámparas de media luz, llenó de humo la habitación con una extraño aparatito y alzando la voz dio el anuncio: ¡Madam Cucu! Para levantarnos el ánimo con sus enseñanzas.

Un redoble de tambores se escuchó desde las bocinas del modular, y de la recámara, una mujer de edad madura, un poco llenita, salió bailando.   Sin inhibición alguna mostraba su frondoso cuerpo vestido con un llamativo traje de odalisca, que meneaba   con ágiles movimientos.   Durante un tiempo las embobó con las exóticas danzas árabes que interpretaba de forma magistral, para al   final presentarse con una reverencia: "Mi nombre profesional es Madam Cucu. Yo les vengo a enseñar a mover sus cu- cu- cuerpos con movimientos suaaaves, seeexys, para despertar su sensualidad y salir así de la rutina en que pudiera haber caído su matrimonio. Además, pueden hacerme las preguntas que deseen, tengan la seguridad de que con mi amplia experiencia, las sabré aconsejar.

Nuevamente la música   se escuchó, y la bailarina interpretó algunas danzas más. Al terminar,   les pidió que pasaran a la recámara a ponerse algo adecuado para realizar algunos ejercicios. Varias dijeron no venir preparadas, pero insistió diciéndoles que no se preocuparan porque adentro todas encontrarían lo necesario.

-¡Ah! Olvidaba decirles, que a las más aplicadas les voy a dar un regalo que seguramente me van a agradecer. Así que apresúrense que la tarde es corta.

Sin decir más, se paró en la puerta y con un ademán de invitación, las conminó a entrar.

En el interior, las mujeres reían. Otras intentaron salirse de ahí, pero ella no las dejó. Una vez que todas terminaron de vestirse, fueron saliendo una a una, ataviadas con los típicos trajes de velos a la cadera y sujetador, que aunque en algunas no sujetaba nada, si adornaba con monedas y cuentas, al igual que su *caderin*. Al no corresponder a su talla, el traje no a todas favorecía, pero después de que terminó la meditación y se echaron otros tragos más, ya lo habían olvidado.

 Empezaron la rutina   practicando ejercicios de cadera: "Adelante, atrás, adelante, atrás ¡dobla las rodillas hija, porque así no te va a salir jamás! Ahora, ocho círculos: primero de un lado,   luego del otro…". Los que sólo   interrumpían para refrescarse con sus bebidas, para al final, terminar bailando con un entusiasmo tal, que más tarde las llevaría a preguntarse cómo fue que lo hicieron, lo cual no importaba porque todas estuvieron felices.

Fue una reunión muy divertida que ninguna olvidarían jamás, y el regalo prometido (del que todas se llevaron uno) resultó ser lo último en juguetes sexuales: unos calzones vibradores. Eran rojos y venían dentro de una bolsa de celofán, junto con un papelito con unas indicaciones que decían:

- Este producto es inofensivo para la salud.
- Se recomienda su uso personal.
- Para mantenerlo en condiciones higiénicas óptimas, sólo necesita aplicar un poco de gel anti-bacterial.
- Un leve movimiento bastará para que el chip que se encuentra bajo la cubierta de la entre pierna empiece a funcionar. Para mayor disfrute, se recomienda usarlo en lugares públicos como: el cine, en un bar, inclusive en el coche mientras espera o el auto va en movimiento.
- Nuestros productos están garantizados, por lo que cualquier falla la puede reportar al: 555-…

Madam Cucu entregó uno a cada una de ellas, siempre aclarando que lo usaran sólo si su relación de pareja no tenía más remedio.

Todas se fueron muy contentas, no sin antes pedirle su tarjeta a Madam Cucu por alguna duda que pudiera surgir.

ANÍS DEL MONO

Juan, mí padre, murió con una botella de Anís del Mono entre los brazos. Yo se la di.

Las emotivas notas de la Polonesa, interpretadas por mi padre en el piano, de manera magistral, llenaban la casa de los abuelos. Salían del albo teclado hacia la terraza, bajaban por las escaleras, como cascada, caían por el gran tragaluz que atravesaba los pisos para iluminar la planta baja; y en ese torbellino de emoción que subía y bajaba, lo llenaban todo. No había rincón de la casa, donde la música no se escuchara. Eran momentos de intensa comunión en que todos guardaban silencio. Justo entonces se producía el milagro: los gestos cambiaban y las sonrisas hacían renacer la esperanza. Una vez más el hijo pródigo era recibido con los brazos abiertos.

Visitábamos a los abuelos una vez al mes; al principio nos recibían con alegría. Nuestra llegada daba pie a que la abuela ordenara a la cocinera preparar aquellas viandas que tanto le gustaban a mi padre. Ese día, se comía en el comedor principal, lo que era un honor pues sólo se utilizaba en ocasiones especiales. Era entonces cuando el abuelo, quien no acostumbraba a beber; del llavero que pendía de la trabilla de su cinturón, seleccionaba una llave y abría el armario para sacar una botella de Anís del Mono para brindar por la visita de su hijo Juan, el artista. La deferencia de este gesto era de gran valor, ya que sólo lo hacía, con personas importantes por eso todos nos sentíamos muy halagados.

Durante un tiempo nuestra familia, disfrutó de los beneficios de ser los descendientes directos del brillante pianista. Su fama y reconocimiento crecieron a la par que sus amistades: por lo general gente culta, que en su mayoría, gozaba de boyante posición económica, además de buenas relaciones. Los compromisos sociales, pronto empezaron a abundar. Todos importantes, no había invitación alguna que desdeñar. Fue así como empezó a ser solicitado en infinidad de eventos, lo que ocasionó que con frecuencia bebiera. Para nuestra desgracia, el éxito no llegaba solo, porque lo acompañaban otros retos, otras situaciones. Entonces nos dimos cuenta de que la fama es un estimulante peligroso, embriagante, engañoso, traicionero. Sucedió cuando notamos que mi padre estaba bebiendo más de lo debido y que su conducta se alteraba de manera escandalosa. Tuvimos que pasar muchas experiencias desagradables para darnos cuenta de que padecía la enfermedad del alcoholismo; en ese tiempo no lo vimos así porque el dolor que esto causaba sólo nos producía enojo.

Pero la realidad nos obligó a poner los pies sobre la tierra. Lo hicimos con vergüenza, con pesar. Después de probar las mieles del triunfo, ya nada es igual. Las deudas, uno de los múltiples problemas que llegaron a nuestra vida, nos abrumaron. Nadie nos saludaba o recibía nuestra llegada con alegría, ni el abuelo sacaba su botella de anís para festejar, contrario a eso, su mirada reprobadora laceraba el rostro de mi padre, cuando con bochornosa sonrisa le preguntaba:

-¿No tendrás por ahí una copita de anís?, para la digestión.

Eso no fue todo, porque pronto, en la casa, las escenas de pleitos, reproches, amenazas y falsas promesas se multiplicaron. Una y otra vez prometió redimirse hasta que terminó engañándonos…engañándose, ya que descubrimos que el líquido de la botella de anís era sustituido por un licor más fuerte. Siento rabia al recordar que más tarde yo mismo se la compraba con lo que ganaba en mi trabajo de mensajero, porque él me convencía de que el anís le quitaba el ansia por los whiskys, rones y tequilas.

 Lo peor vino cuando no llegaba a la casa. Entonces, llenos de angustia lo buscábamos por todos lados. Nuestra vida se volvió un peregrinar, recorriendo cárceles, anfiteatros y hospitales, hasta que alguien nos avisaba haberlo visto tirado afuera de alguna cantina.

 Un día, mi madre, cansada, decidió abandonarlo y nos fuimos a vivir con los abuelos. Ella quería que todos intentáramos una nueva vida. Pensaba que la distancia haría que lo olvidáramos y nos fuimos para allá, pero yo no pude hacerlo, por eso regresé. Nuevamente lo fui buscar, ya sabía a donde encontrarlo. Cuando me vio se alegró tanto que hasta lloró. Fue en ese momento cuando decidí acabar con el mal; él no podía, no tenía la voluntad. Recordé haber escuchado que a los alcohólicos, hay que dejarlos que toquen fondo así que decidí ayudarlo y desde entonces el alcohol no volvió a faltarle. Diario se lo llevaba en una botella de anís que él recibía con alegría, porque decía, era bueno para la digestión. En el fondo yo guardaba la esperanza de que un día se redimiera, pero lejos de eso, su adicción parecía no tener fin.

Ese día, al llegar lo encontré en la cama; era extraño porque por lo regular se salía, así que me acerqué para ver si dormía. De inmediato noté que el tono pálido de su piel se había convertido en un amarillo verdoso que me produjo miedo. Al sentirme abrió los ojos y me preguntó si le había traído "anís". Le entregué la botella; con manos temblorosas la recibió y quitó la tapa para dar un ansioso   trago, haciendo que el líquido se llevara los rastros de resequedad de sus labios.

-¿Hoy no saliste?

-Amanecí cansado y no quise salir, necesitaba el anís porque me sentía mal del estómago.

Sumidos en nuestras propias conclusiones ambos quedamos en silencio, hasta que empezó hablar.

-He estado pensando que me gustaría ir a la casa de mi padre quiero verlo. También deseo tener el piano cerca para practicar. Hoy repasé mentalmente la Polonesa y noté que he olvidado algunas notas. ¡Imagínate! Si en este momento me llamara, Alonso, o el Sr. Abarca para pedirme que dé un concierto, ¿en qué aprieto me encontraría? Por cierto ¿en dónde está mi esmoquin? Hace tiempo que no lo veo.

 Lo miré con pena, no cabía duda que mi padre empezaba a desvariar, porque hacía mucho tiempo que ésas personas le habían cerrado las puertas.

-¿Te acuerdas de aquel concierto que di en el museo? La sala estaba llena, al terminar todos estaban muy emocionados. Mucha gente importante me fue a felicitar, hasta el Secretario de Cultura que tantas veces se había negado a recibirme, lo hizo, y cómo no hacerlo si sus superiores estaban ahí, saludándome.   Me hablaban como si yo fuera un viejo conocido de ellos y otros más hasta me llamaban: amigo…

Divagaba, confundía el pasado con el presente, y a veces lloraba. Me senté a su lado, sin decir nada. Le quité la botella, yo también necesitaba un trago. Luego, escuchando sus historias, me quedé dormido.   A la mañana siguiente desperté con mucha sed. Me levanté y me dirigí a la cocina para beber algo; al regresar, vi a mi padre con la botella de anís en los brazos. Me acerqué para ofrecerle algo de comer, pero vi que sus ojos abiertos, carecían de luz de vida, comprendí que se había ido; sin poder más, me puse a llorar.

-Yo no lo maté, lo ayudé.

LIBERACIÓN

El restorán estaba lleno. Las risas y las voces que se escuchaban, se elevaban hasta formar un murmullo inentendible. A los comensales de las diferentes mesas los unían los festejos de fin de año; era imposible no contagiarse del encanto de una celebración que románticamente enarbolaba el deseo de "Amor y paz", además de la llegada del año nuevo.

En la mesa donde se encontraba Lucy, las copas habían puesto eufóricos a todos. Bromeaban, contaban anécdotas y hacían alusiones a cuestiones laborales que ella no comprendía, porque su presencia ahí sólo se debía a la insistencia de su hermana quien le había pedido que la acompañara. Para ella sería algo nuevo, porque sus festejos sólo los tenía en familia y en esos momentos reía igual que los demás, para no quedar como boba, hasta que cansada, se levantó de la mesa con el pretexto de ir al baño.

En los sanitarios, mientras se lavaba las manos oyó que alguien vomitaba en uno de los escusados, lo que la hizo salir casi corriendo. Una vez afuera, vio un letrero que decía "SALIDA", seguido de una flecha que señalaba la dirección.

Dudosa, miró hacia la mesa. Todos, incluyendo su hermana, estaban tan animados que supuso que el festejo iba para largo, así que se abrochó el suéter y salió a la calle.

Desde ahí se podía ver la plaza de armas, a esas horas estaba vacía. Sin alejarse de la entrada principal, miró a los dos *valet parking* que platicaban sentados en un banco que estaba a un costado de la entrada principal. Al verla, uno se acercó para preguntarle si se le ofrecía algo. Le respondió que no, que sólo deseaba tomar un poco de aire.

Soplaba un viento helado que lejos de incomodarla la reconfortaba y le producía una sensación de libertad, poco común. Miró a los empleados encender un cigarrillo y ella, quién no fumaba, se acercó a pedirles uno. Tras breves intentos logró encenderlo. Fumaba sin dejar de mirar hacia la plaza. El humo la hizo ponerse melancólica y recordó que años atrás albergaba la fantasía de caminar sola en la madrugada por la calle de Madero. Ese deseo nunca se lo había confesado a nadie, menos a Eliseo, su marido porque aparte de burlarse de ella se habría escandalizado:

-¿Caminar por la calle de Madero sola y en la madrugada? ¡Estás loca!- diría casi gritando. -Yo te acompaño mamá- hubiera respondido su hijo, sólo para llevarle la contra a su padre.

Se daba cuenta de lo absurdo de su deseo, pero pensaba que no siempre los sueños son razonables. Pisó la colilla y empezó a caminar. Por extraño que pareciera en ese momento no sentía miedo de andar sola. Además, sabía que su hermana departía feliz con sus compañeros, y sin la mirada reprobadora de Eliseo, lo podría hacer con tranquilidad.

Había leído diversas crónicas de la ciudad; le fascinaban sus leyendas, su historia. Conocía las anécdotas de algunas de sus calles, pero de todas, la antigua Calzada de Plateros, era su favorita. Al llegar, se detuvo a observar el perfecto trazo que las bellas edificaciones formaban. En su piso recién adoquinado se reflejaba la luz ámbar de los faroles, resaltando así, su viejo señorío. Apoyada en uno de los postes se quitó los molestos zapatos de tacón y sin ellos, empezó a caminar por el centro de la avenida, cuando inesperadamente, unas visiones fantasmales aparecieron. Deambulaban felices sin preocupación alguna.

Los rostros de algunas de ellas le eran familiares, como el de Frida, quien en ese momento negociaba con una indígena, un collar que le vendía y que ella examinaba minuciosamente. Lucy admiró lo hermosa que se veía en su atuendo de tehuana y sin Diego en la mente, como lo reflejó en su pintura.

También vio a Naui, portaba una túnica de gaza transparente que se le adhería al cuerpo por culpa del aire, el que hacía resaltar su cuerpo sensual. Como al final de su vida, iba rodeada de sus innumerables gatos.

Unos pasos adelante, una religiosa salía presurosa de la iglesia, al tiempo de que se desprendía del manto que cubría su cabeza y lo tiraba a la basura. Posteriormente desanudaba su cabello y lo sacudía haciendo que se alborotara. Era Sor Juana.

En ese transitar no reconocía a su madre porque portaba lentes color verde esmeralda y unos brillantes zapatos rojos, como los de Dorothy, la niña de la película el "Mago de Oz". Daba piruetas cuando se acercó a ella, luego se quitó los lentes y le dio un beso, fue entonces cuando la reconoció. Lucy apenas salía de su asombro cuando ella ya se alejaba diciéndole adiós, haciendo unos pasos de tap. Fue increíble verla tan feliz, ya que sólo la recordaba con su eterno gesto de amargura.

Extasiada de ver a tantas mujeres liberadas, se sentó a descansar en la banca que estaba cerca de una cafetería. Hasta allí le llegaban las notas de la banda dominical que interpretaba un alegre paso doble. Atraída por la música, se puso de pie y siguió caminando. Al llegar a Bellas Artes cruzó la avenida para internarse en la Alameda,   entonces los acordes musicales se

oían más intensos por lo que apresuró el paso y entre la bruma
de la madrugada, Lucy, desapareció.

AMOR AÑEJO

Carmelita es su nombre. Es gordita, chaparrita y siempre viste de rosa. Un bigote café sombrea sus labios y cuando sonríe, muestra dos hileras de dientes pequeñitos. Peina su cabello de lado, que sostiene con un pasador de palomita.

Todos los días, a las ocho de la mañana, pasa por la acera de enfrente. Carga una canasta llena de rueditas de chocolate, que cubre con una servilleta almidonada para evitar que moscas y polvo, las ensucien. Me saluda muy sonriente; en esos momentos suspendo la labor, para responder y verla perderse entre la gente, con el vaivén de sus caderas.

Nuestra relación nació a partir de un saludo: "Buenos días don Juan". "Buenos días Carmelita". "¿Ya don Juan?". "Ya Carmelita". "Ayer no abrió, ¿algún problema?". "No, todo bien Carmelita, gracias".

Al principio me conformaba sólo con eso, pero después ya no. Así que me la pasaba los días pensando la forma de acercarme a ella, hasta que un día la ocasión se presentó.

Sucedió una mañana, en que como todos los días, se dirigía a vender. Noté que caminaba con dificultad debido a que además de la canasta habitual, traía una caja de cartón. Lo hacía a tramos cortos por el exceso de peso. Cuando paraba, aprovechaba el descanso para frotar y sacudir la mano. En esos momentos, miraba el tramo que le faltaba por recorrer, como si con ese gesto la distancia se acortara.

¡Era la oportunidad que esperaba! Sin dudarlo corrí a ayudarla, por lo que antes de que ella reaccionara, ya estaba yo, intentando alzar la caja. Al levantarla, me sorprendió lo pesada que era, pero sin darme por vencido con un impulso logré ponerla en mi hombro. Enseguida mi cuerpo se empezó a tambalear; por momentos temí perder el equilibrio y caer junto con ella.

Por fortuna, fueron breves, los momentos de debilidad, porque apenas mantuve el equilibrio, empecé a correr para deshacerme lo más pronto posible del peso. Lo hice tan rápido, que Carmelita no logró emparejarse conmigo. Apenas alcanzaba oír voz diciendo algo que no entendía, porque las orejas me zumbaban por el esfuerzo. El tramo se me hizo eterno, pero logré llegar. En cuanto lo hice, sin poder más arroje la caja al suelo. Por suerte tardo un poco en llegar por lo que no se dio cuenta. Segundos después, escuchaba sus atribuladas explicaciones, mismas que no comprendía porque empecé a sentir una punzada en la ingle. Me aterrorizó que se tratara de la hernia. Fueron momentos de miedo, en los que no oía nada, sólo la veía gesticular, haciendo que su bigote, resaltara más. Apenas el dolor empezó a ceder, me despedí, para ir a mi changarro a cerciorarme de que todo estaba en su lugar. Todavía recuerdo que me alcanzó a decir que la caja traía un pedido extra de chocolate, que debía entregar, lo que me hizo sentir culpable al pensar en los que posiblemente se habían quebrado, por lo que temiendo algún enojo o reclamo, durante varios días no salí a saludarla. Hasta cambié la hora de barrer la calle.

En esos días lamentaba que todo hubiera salido así, además, sentía vergüenza al pensar que le había causado un perjuicio. Una mañana, me sorprendí al encontrarla cuando salía con la escoba a barrer la calle. Turbado sólo dije: -¡Carmelita, tanto tiempo sin verla!

-Es lo que digo yo, –respondió-. Como no lo veía pensé que estaba enfermo.

-No, que va. He estado ocupado en asuntos importantes, por eso me he visto obligado a abrir más tarde.

-No sabe el alivio que siento al escuchar eso. Temí que el cargar lo hubiera lastimado.

-Cómo cree. Yo estoy acostumbrado a cargar cosas más pesadas que esa.

A   partir de entonces, pasamos del simple saludo a una conversación corta. Más tarde, cuando me pregunto por alguien quien le ayudara a cargar otra caja, nuevamente me ofrecí de inmediato. Pero esta vez le pedí a mi compadre Pancho me prestara su diablito. Desde entonces ayudo con sus cajas.   Al principio ella se negó, pero la convencí diciéndole cosas como: "Para qué buscar a alguien si ahí estaba yo… para qué son los amigos…que no podía permitir, que una dama cargara ese peso en mi presencia…" en fin, eso me daba buen resultado y me gustaba que al hacerlo, se ponía roja, roja. Hasta parecía que los bigotitos se le erizaban de pura satisfacción.

Conforme pasaron los días, me fue contando que el chocolate que vendía lo elaboraba ella misma, que lo hacía de diferentes sabores. Con una receta que heredó de su abuela. Yo hacía como si no supiera nada de eso y ponía cara de asombro. Ni modo de decirle que mi mujer también hace chocolate. Así que entusiasmada,   no paraba de hablar: que si no utilizaba moldes…que si las hacía bien redonditas… hasta me confió que al final les marcaba los dedos, (como una forma de imprimir su sello) porque de esa manera sus clientes se convencían de que estaban elaboradas con un vieja receta casera.

Cuando llegábamos a su destino, la plática se interrumpía, pero siempre, nos despedíamos con la promesa de seguirla al día siguiente. Con ese pretexto la acompañé muchas veces. La confianza entre los dos creció tanto, que un día le pregunté por qué cuando platicábamos nunca me miraba de frente. Muy compungida me confesó que sentía vergüenza por su bigote. Me explicó que era de herencia, ya que su abuela y su mamá también lo habían tenido, que al principio lo tenía muy "ralito", pero que de un tiempo para acá parecía haber engruesado y oscurecido. Que un día, desesperada, estuvo a punto de rasurarlo, pero no lo hizo, porque su mamá le dijo que le nacería más negro y grueso.

-¿Usted cree que eso sea verdad?   Me preguntó abriendo sus ojitos pizpiretos.

-Su mamacita tenía razón: hubiera hecho mal. Cuando uno se rasura el bigote, de inmediato empieza a crecer. Al principio son pequeñas espinitas que pican. Imagínese lo que hubiera dicho su novio.

Y apurada respondió:

-¡No! Yo no tengo compromiso con nadie.

 -Es cierto que no es propio de las mujeres –continúe satisfecho por la información obtenida-, pero éste hace que usted se distinga de las demás y… para qué se lo quiere quitar, si se le ve re bonito.

Ya entrada en las confidencias, me contó que alguien le aconsejó se lo depilara, pero esas cosas modernas le producían miedo, que prefirió ponerse agua oxigenada para que se vieran más güeritos y se le notaran menos. Ahí la interrumpí para decirle, que ese era un buen remedio natural, además de inofensivo. Meditó mi respuesta, pero luego me dijo que lo malo era que a veces se le olvidaba hacerlo y luego los traía bicolores. Los dos nos reímos.

 A mí no me molestan sus bigotes, será porque soy peluquero. Desde entonces somos novios. Por las noches, al cerrar la peluquería, paso a su casa. Ahí, "entre otras cosas", me invita una deliciosa taza de chocolate caliente, con exquisito pan recién horneado que los dos tomamos juntos, y entre conchas, piedras y bolillos, platicamos muy contentos, al tiempo, de que de vez en cuando, limpio con mi pañuelo los restos de espuma de sus bigotitos cafés.

A mi vieja ya le fueron con el chisme. El otro día me grito bien enojada: -que ya estoy muy viejo…que nomás ando haciendo el ridículo. Yo no le contesté nada, nomás me quedé callado, pero la verdad es que estoy muy contento con mi novia la bigotona.

YOLANDA Y NACHO

Con el apretón de manos volvió a sentir su cálida fuerza. Ambos se miraban a los ojos. Ella trataba de encontrar al Nacho de sus recuerdos,   encontró a   otro. No por su rostro maduro y lastimado, sino porque había perdido el brillo de la ilusión.

-¡Qué! ¿Ya no te acuerdas de mí?

-La verdad es que ha pasado tanto tiempo, que de momento no te reconocí.

Hacía muchos años que no se veían. Veinte para ser exactos, justo cuando él decidió tomar   el box como una forma de salir adelante y Yolanda quedaba estéril por la complicación de un aborto.

 Aunque Nacho había cambiado,   aún conservaba esa mirada penetrante que en su adolescencia la llevó a enamorarse de él. Como entonces, una vez más le produjo ese calorcito que   le coloreaba las mejillas; él lo notó, por eso la miraba directo, quería entrar en su interior para buscarse, necesitaba saber si aún tenía un lugar en su corazón, pero Yolanda esquiva, evitaba sostenerle la mirada.

Del atlético deportista sólo quedaban el recuerdo y algunas fotos de sus días de gloria, en su recámara.

Nacho era el hermano mayor de Elena, su amiga de la secundaria. Lo conoció desde la primera vez que fue a su casa, y en secreto empezó a soñar con él. Al terminar la escuela las dos tomaron caminos diferentes, por lo que las visitas se espaciaron, no obstante la casualidad quiso que un día ellos se encontraran. Yolanda había dejado de ser la escuálida muchachita de aquellos días y a sus casi dieciocho años se había convertido en una linda joven capaz de atraer a cualquiera; Ignacio no era la excepción, así que después de saludarse y evocar tiempos pasados, la acompañó a su casa. A partir de entonces, sus encuentros o visitas se hicieron frecuentes. Semanas más tarde, eran novios. Apasionados, vivían su amor en las calles, en los parques o en cualquier lugar. Sus padres no estaban de acuerdo con esa relación porque Nacho no tenía ni oficio ni beneficio. "¡Es un vago!" decía su padre golpeando la mesa con el puño, mientras ella callaba para no aumentar la tensión, pero en su interior, lo justificaba. El gimnasio era donde pasaba la mayor parte del tiempo y el mismo que le permitía mantener esa condición física de que tanto hacía gala.

Por esos días alguien lo convenció de asistir a un encuentro de box, que realizaban empresarios, en busca de nuevos talentos, en otra ciudad. Entusiasmado se lo contó. Ella, rechazó la idea con varios argumentos. En el fondo no quería que se fuera.

Intentó convencerla. No cedió. Así que días después se marchaba sin avisar.

Con la carta en las manos, Yolanda repasaba su lectura: "Por fortuna he sido seleccionado. Y durante un año voy a recibir entrenamiento especial, mis instructores están seguros de que voy a tener un brillante futuro. Si es así, al término del adiestramiento,   ellos mismos promoverán algunas peleas. Espero que comprendas que es una gran oportunidad para mí".

Dolida por la forma como se dieron las cosas, le respondió que podía hacer lo que quisiera, pues entre ellos ya todo había terminado.   Al no recibir respuesta a su terminante decisión, comprendió que ella, no le importaba.

Con el pesar de la ruptura, no se había dado cuenta de que presentaba un atraso menstrual. Preocupada dejó pasar unos días, con la esperanza de que la mancha escarlata se presentaría de un momento a otro. Al no suceder, a escondidas fue a una consulta médica. Así, confirmó su embarazo.

En sus noches de insomnio se preguntaba aterrada, qué iba a hacer.   ¿Buscar a Nacho?   Finalmente   también era su responsabilidad, pero era orgullosa. Sería una humillación.

 Con la venta de sus alhajas,   logró reunir lo suficiente para someterse a una intervención clandestina. Supo del lugar por una amiga que en situación similar así "salió del aprieto". Fue pero no corrió con suerte ya que un mal manejo lo complicó todo. En grave estado, le extirparon la matriz.

Después de su recuperación física, su estado anímico parecía no salir de ese episodio pero el tiempo que todo lo cura, hizo que retomara su camino. Logró titularse de maestra y conseguir una plaza. En la escuela donde laboraba, conoció a Ramón, un joven compañero de trabajo, del que se hizo novia pese a que no había olvidado a Nacho.

De él, escuchaba en radio y algunas veces hasta lo llegó a ver en los cortos del cine. No se perdía sus peleas cuando pasaban por televisión, ante el asombro de su novio, por su afición al rudo deporte. Ramón le propuso matrimonio al mismo tiempo que circulaba la noticia de la boda de Nacho con una hermosa mujer, hija de un reconocido empresario. Aceptó decidida a borrarlo para siempre de su mente.

Aconsejada por su madre decidió no hablar de su prematura esterilidad y los primeros años de matrimonio todo fue bien, hasta que su marido, impaciente por tener un hijo, la llevó con un ginecólogo, amigo suyo. Todo quedó al descubierto. Ramón, indignado por su engaño, no la perdonó y le pidió el divorcio.

3

El encuentro con Nacho removió sentimientos que creía olvidados. Nuevamente su recuerdo amenazaba con ocupar su mente. Decidida a no permitir que su reaparición la turbara, luchaba contra ella misma.

Una mañana, el teléfono sonó. Era él, quien le hablaba para invitarle un café.

No tuvo fuerzas para rechazarlo, así que engañándose con la idea de poner fin de una vez por todas, a cualquier pretensión por parte de él, aceptó.

En la entrevista todo transcurrió de manera serena, como la de dos viejos amigos que al encontrarse ven reavivar una vieja amistad, que vivía latente.

Una tarde en el café, Nacho se puso melancólico y le contó anécdotas de su época de gloria:

-No te imaginas todos los excesos que viví cuando la fortuna me sonrió. El dinero me llegaba a raudales, aunque yo no me daba cuenta a costa de qué. Poseía de todo: carros, joyas, casas que compartía con mujeres hermosas, diferentes a ti -dijo, poniendo un especial énfasis al referirse a ella-. Siempre rodeado de aduladores. Ellos, sólo están contigo para ver que sacan. Los días de pobreza pasaban al olvido como un mal sueño.

Me casé, con una mujer muy bella. Una muñeca, que sólo ambicionaba mi dinero y que en ese ambiente de frívola vanidad, me gustaba lucir. Creo que en realidad nunca nos amamos.

Cuando empecé a perder potencia, debí parar, pero me negué hacerlo pensando que ya me repondría para la siguiente vez. En esta profesión te acabas pronto. No aceptaba que a los jóvenes boxeadores sólo les sirves para subir. Precisamente como sucedió cuando yo inicié. El dinero dejó de llegar; lo que me quedaba, lo había invertido en malos negocios, y así, lo perdí todo. Entonces ella me abandonó.

En esos momentos de confidencias, Yolanda se armó de valor para contar la suya y al final, con un abrazo se consolaron. Ya no había nada más qué decir. El destino que una vez los había separado nuevamente los unía. Fue así como, sin ceremonia, decidieron vivir juntos. Meses después, Ignacio moría a consecuencia de un mal pulmonar.

EL SUEÑO

Elena llegó temprano al hotel, así que una vez en la habitación, se puso el bikini y salió a la terraza. El día estaba esplendido. David llegaría más tarde y ella lo que más deseaba en ese momento era sumergirse en el agua. Se acercó a la orilla de la alberca y tras leve impulso, se lanzó. Como siempre, su entrada fue limpia y con estilo. Una vez abajo nadaba con los ojos abiertos, barriendo el piso en busca de objetos. Era una costumbre que adquirió de niña, cuando su padre arrojaba monedas al agua para motivarla a seguir buceando.

Después de nadar un rato se detuvo en uno de los extremos de la piscina; la idea de pasarla ahí fue genial. Un lugar propicio para ese tipo de encuentros: discreto, con habitaciones independientes que aseguraban la intimidad y el anonimato. Finalmente ninguno de los dos quería verse expuesto, ya que estaban casados, con relaciones estables y ambas parejas eran amigas. Lo mejor de ahí era la vista hacia la Costera, por eso lo sugirió. En la noche, con las luces a lo lejos y el cielo estrellado, el lugar no podía resultar más romántico, y David era tan sensible; que sin duda esa sería una magnifica experiencia. Era la primera vez que lo hacían fuera de la ciudad; había sido difícil convencerlo, ya que él, es un hombre práctico, a diferencia de ella, quien es una romántica perdida, pero lo logró. A su marido, sólo le tuvo que inventar lo del curso para justificar la salida y ahora estaba ahí, refrescándose un poco mientras esperaba.

La presencia de una culebra que con movimientos ondulantes se dirigía hacia ella, la sacó de sus cavilaciones. Aunque el animal avanzaba lento, la sentía ya enredarse entre sus piernas.

Paralizada por el terror un impulso la instaba a huir, pero esa extraña lógica con la que siempre resolvía las cosas le decía que no lo hiciera, ya que todo era producto de su imaginación. Una culebra en la alberca no era posible, ¿o sí?

 A punto de huir, se percató de que el animal no avanzaba, lo que hizo que de su boca escapara una risita de alivio.

-Seguramente se trata de la hoja de alguna planta, de las que adornan el jardín, pensó, así que superando el miedo se volvió a sumergir para ir a sacarla, pero el movimiento del agua la empujó. Ambas se cruzaron; cuando alcanzó la orilla sólo pudo ver cómo desaparecía por el filtro de la alberca.

Un poco alterada salió del agua y miró el reloj; marcaba las 3:30 P.M. Buscó en el celular un mensaje o una llamada perdida, pero no había nada. En la tumbona miraba de nuevo hacía el agua, en busca de la supuesta hoja. Seguramente su imaginación le jugó una broma por el sueño de la noche anterior, en que despertó sobresaltada por una pesadilla en la que soñó a una enorme pitón que le impedía salir de la casa. Era tan real, que aún despierta temió encontrarla en algún rincón.

Alguna vez había escuchado decir que las serpientes en los sueños significan habladurías, chismes. Meditó unos momentos la respuesta que su cerebro le daba. Concluyó que era imposible que Ángel se enterara de que estaba teniendo una aventura con David; ambos eran muy cuidadosos. Además no era más que sexo, la realización de una fantasía entre dos adultos.

Decidida a no permitir que algo opacara el encuentro, volvió a mirar el teléfono. No había nada. Un malestar en el estómago le indicó que era la hora de la comida, por lo que llamó al restaurante para pedir le llevaran algunos alimentos. Después, para distraerse, se puso a trabajar en la computadora.

 El tiempo se le fue sin sentir y a las seis de la tarde el peculiar sonido del celular le indicó que acababa de entrar un mensaje que leyó: "Lamento no poder ir, la inesperada visita de familiares me lo impiden. Luego te llamo para volver a ponernos de acuerdo".

Arrojó el celular. ¿Por qué me lo dice hasta esta hora?

Una idea iluminó su cara por lo que tomó el teléfono para llamar al aeropuerto. Si me voy a quedar sola, prefiero que sea en mi casa; ya inventaré algo para justificar mi   pronto regreso. Minutos después colgaba, los vuelos estaban llenos y sólo había boleto para el día siguiente, a medio día.

Acostada en la cama, no sintió cómo la tarde había caído, hasta que los sensores encendieron las luces del jardín, de la alberca y de las lámparas de noche. Cansada del aire acondicionado salió a la terraza. El viento soplaba suave, las espectaculares luces de la Costera y el cielo estrellado, hacían de esa noche una noche prometedora que a ella nada le decía. Del frigo bar sacó unas botellitas de ron y las bebió. Después, mareada, entró a la habitación y se dejó caer sobre el silloncito pensando que mañana, cuando regrese, le diría a su marido que regresó porque no se sentía bien y así se resolverá todo. Con gesto comprensivo, él la conduciría a la recámara para cerciorarse de que descansara, aduciendo que todo se debe al exceso de trabajo. Luego, le daría un beso en la frente y antes de salir diría que en ese mismo momento hablaría con David para que la examinara la mañana siguiente.

ESCUELA DE BAILE

Subía las escaleras preocupada por la soledad del edificio, las múltiples puertas cerradas, algunas se encontraban tapiadas, lo que le daba un aire siniestro al lugar. No es que fuera miedosa, pero en lugares así la gente corre riesgos, por eso no dejaba de estremecerse mientras ascendía. Escuchó el taconeo de unos pasos que bajaban, se alegró, era bueno no estar sola. Curiosa, esperó a cruzarse con el dueño de los pasos. Apareció enseguida; se trataba un hombre con gabardina ceñida a la cintura y un sombrero panamá, inclinado.

Cuando se cruzaron lo miró en espera de que surgiera un saludo; finalmente eran los únicos en ese lugar, pero el tipo ni siquiera la volteó a ver. Un "buenas tardes" no hubiera estado mal, -se dijo-. Seguramente se trataba de un bailarín porque su vestimenta le recordó al Pedro Navaja de la canción. Al llegar al quinto piso se detuvo en el umbral de la puerta para examinar el sitio, mientras recuperaba el aire. A diferencia del día anterior, el lugar se encontraba muy concurrido pese a que el reloj de pared marcaba la hora menos cuarto. No se decidía a tomar alguna dirección, en el fondo aún guardaba la esperanza de encontrar a algún conocido. Si por lo menos su amiga Elena la hubiera acompañado, no se habría sentido tan nerviosa. Dado su forma de ser, fue tonto esperar que lo hiciera. Todavía recordaba su respuesta cuando la invitó: "ya no estoy para esos trotes, además la gente que va a ese tipo de lugares, es gente corriente, como de la "Guerrero", o los que van al "California", tal vez hasta delincuentes, ¡qué horror!

¡Que importaba su opinión! Finalmente lo único que quería era una compañía para los primeros días.

Las miradas de algunas mujeres la inhibieron porque no eran precisamente amistosas. De entre la gente, los holanes de una que vestía de rumbera, la atrapo. Frente a un espejo ensayaba como si estuviera sola. Se le ocurrió que ella sería un buen punto de partida y se acercó a la dama en cuestión quien a simple vista poseía gracia y habilidad, por eso al tenerla cerca le comentó:

-¡Qué bien lo haces! Te felicito.

La bailarina ni se inmutó con su comentario. Se sintió mal, la idea no fue buena e Intentó corregir:

- ¿Perdona esta es la clase de baile de salón?

Antes de responder, la aspirante a Ninón Sevilla la miró desde la altura a donde las personas "sobradas" se suelen subir: "Supongo de lo contrario no imagino qué hace toda esta gente aquí". Luego dio la espalda para quedar nuevamente frente al espejo moviendo los brazos como si intentara volar.

-Jaaa, es verdad. Gracias.

¡Estúpida! ¡Claro qué es la clase de baile! Qué otra cosa podía ser con todos esos letreros de colores chillantes anunciando diferentes estilos de bailes. Regresó a su estado inicial sin saber adónde dirigirse hasta que apareció una hilera de butacas vacías a las que corrió para sentarse, segundos después observaba todo desde ahí.

El salón era grande y como todo el edificio estaba muy deteriorado: los altos y descoloridos muros mostraban en varias de sus partes aplanados reventados que se sumaban a la maltratada construcción. A diferencia del local, los espejos que rodeaban sus muros estaban impecables, en ellos, como en un mural, decenas de personas que esperaban a que la clase iniciara, se reflejaban. No bien el reloj marcó las 4.00 p.m., la música cesó, y Johnny Latino, el maestro, hombre moreno, feo, con una ondulante cabellera negra que casi tocaba sus hombros, levantó los brazos aplaudiendo para llamar su atención. A la señal, todos tomaron posición formando filas que se extendían frente a él. Carmen se levantó del asiento e intentó intercalarse en la parte central, pero el grupo se apretó, cerrando los espacios libres para obligarla a volver atrás. Era así como sus compañeros le daban la bienvenida. Así iniciaba su primer día de clases.

La música sonaba y todos se movían al ritmo que Johnny marcaba. Para ella, los minutos que siguieron fueron desastrosos porque no atinó a coordinarse con el resto del grupo; por si fuera poco, nunca logró agarrar el ritmo, pese que al inscribirse aclaró que sabía bailar. Codazos y empujones le llovieron por todos lados. Conforme pasaron los días los ataques de sus compañeras se atenuaron, pero se volvían a disparar bajo cualquier impulso de celos o envidia, como sucedió con Joaquín, el cincuentón de cabello lacio y bigote de rayita que le recordaba a Pedro Infante, quién muy galantemente se acercó para ofrecer ayuda. No bien lo había hecho, una sarta de gritos de burla y chiflidos se soltaron. Al principio él las ignoró, pero al final lograron convencerlo.

Pasadas unas semanas, seguía atrás, en el grupo de las mujeres solas y por supuesto, las menos agraciadas. No obstante intentaba convencerse de que eso no tenía nada que ver y que lo más importante era bailar; aun así, su ánimo empezó a decaer y lo único que la distraía era ver ensayar a la rumbera en los recesos, quien lo hacía más por exhibirse que por practicar, y, como siempre, se veía magnífica, por lo que era motivo de adulaciones por parte de todos, quienes al terminar la rodeaban para festejar todo lo relativo a su persona. En una ocasión que estaba en el sanitario escuchó una conversación en la que se decía que la rumbera sostenía amores con Johnny, asombrosamente les causaba admiración por lo que él representaba. A Carmen no la asombró, más bien le pareció extraño que una mujer como ella se fijara en un hombre tan feo, independientemente de quien se tratara.

Ni siquiera se podía imaginar a la presumida mujer acariciando sus abominables pelos engomados. Ese chisme la entretuvo un tiempo porque se dedicó a observar a los amantes y descubrir que efectivamente ella se manejaba con cierto aire de posesión, pero después se aburrió y regresó a su desencanto, a su desaliento, incluso se le cruzó la idea de dejar de ir. Johnny debió de haber notado su intención porque un día le pidió que se quedara unos minutos después de que se fueran los demás para practicar. Al empezar a hacerlo todo cambió, porque ese rato le permitió relajarse y conocerlo más, quien lejos de ser el adusto maestro que parecía, era una persona sencilla, paciente y agradable, además de bromista y la trataba con familiaridad, lo que agradecía porque la hacía sentirse muy bien.

Era así como se burlaba de su forma de bailar y la indujo a esforzarse más:

- Eres un palo, no te mueves. ¡Relájate! Tienes un buen "ponch", úsalo.

-¿Que es un "ponch"? –Le dijo riendo.

-Mira. —La tomó de la mano y la acercó al espejo, después le pidió que se pusiera de perfil y con el dedo recorrió despacio su espalda para delinear su perfecto derrier-. No te has dado cuenta, pero con éstas, haces que algunos movimientos se vean muy sexys. Ya te lo vengo notando, porque a veces se te escapa; por lo general te contienes y limitas tus movimientos hasta parecer un palo. Tienes miedo a soltarte. ¿Por qué?

-No lo sé.

La hizo ensayar mucho, ese día, el siguiente, y los demás. Un día la sorprendió con una estrategia diferente, ya que inesperadamente bajó la intensidad de las luces, puso otro tipo de música, y no tan sólo eso, sino que también su actitud fue diferente: suave, seductora. Oculta, tras ese velo de intimidad, su cuerpo perdió rigidez y sus movimientos fueron suaves, fluidos, naturales. Primero se dejaba guiar por él, después, era ella la que con sus movimientos lo envolvía, y así pasaban los minutos hasta que el ensayo terminaba.

Carmen sentía que la necesidad de estar con él crecía cada día, más tarde descubrió que estaba enamorada. Pese a que él mostraba indiferencia, estaba segura de que él también la amaba. Esperó a que algo sucediera, pero no siendo así, decidió poner las cartas sobre la mesa, por lo que durante el ensayo le dijo:

-Jhonny, te amo.

-Lo sé, -dijo él.

-¿Lo sabes? Y porque no me dijiste nada.

-Porque esperaba que te decidieras.

-¿Tú también me amas?

-Sí.

Fue todo lo que dijeron, para continuar bailando y al término se entregaron ahí, sobre la duela del oscuro salón, con ansia incontenida. Se besaban, se quitaron la ropa, se acariciaron, pero cuando sus manos pasaron por su cabeza, el encuentro peligró y todo estuvo a punto de acabar, sin embargo, bastaron unos cuantos segundos de reflexión para decidir que ya tendría tiempo después para encargarse de esos pelos engomados, de la rumbera, -a quien ya no temía- y de muchas cosas más, por ahora todo lo que quería era bailar al ritmo que Johnny imponía, así que con pasión abrazaba su cabeza y acariciaba sus alambrados cabellos una y muchas veces más.

MALDAD

La lata desapareció de su vista. Crispó con rabia los dedos, no había necesidad de voltear para saber que "El Diablo" la había pateado para hacer que ésta se deslizara por el pavimento y produjera un ruido hueco.

Se irguió hasta donde pudo y con el puño cerrado lo maldijo. El Diablo bailoteaba a su alrededor, lo empujaba, de vez en cuando, acercaba su rostro de expresión malévola al suyo. El viejo, para defenderse, manoteaba sin siquiera rozarlo. Era temprano, la gente que transitaba por la calle al percatarse de la escena apresuraba el paso y esquivaba la mirada por temor a verse enredada con esos vándalos.

-Mira mamá, ese muchacho está empujando al viejito.

-¿Qué miras? Muchacho baboso. Apriete el paso en lugar de estar viendo lo que no le importa.

El sucio costal con latas aguardaba recargado en la guarnición de la banqueta. Una patada bastó para que volara por los aires dispersando su contenido; sus compañeros festejaron la acción. Después, se acercó amenazador.

-¿Qué pasó, viejo apestoso, ya traes mi dinero? Hace días que te estoy esperando.

-Deee dónde quieres que te lo dé, si apenas saco para mal comer; cada día es más difícil encontrar latas.

-¡No te hagas pendejo, viejo mañoso! A mí no me engañas, las latas son para taparle el ojo al macho, los buenos ingresos los obtienes de las limosnas. ¡Tienes una buena zona! Además, me enteré de que unos hermanitos (juntó las manos en señal de santidad) de la caridad te recogieron, ¡ilusos! Creyeron que lograrían convencerte de dejar tu minita de oro.

¡Te doy de plazo hasta mañana! Si temprano no me tienes los quinientos pesos que me corresponden, vete despidiendo de tu perra vida –le dijo mostrando la daga.

-¡No es verdad! Si fuera así ya te habría dado lo tuyo, ¿qué ganaría ocultándotelo? Además, que vas a ganar con matarme, estoy viejo y enfermo. Ya no tengo fuerzas ni para defenderme. No olvides que un día tú también estarás igual.

-Yo no voy a llegar a viejo. ¿Para qué? ¿Para vivir como tú? ¡Ni que fuera tan pendejo! No lo olvides, mañana.

Al quedarse solo y conforme sus dolores se lo permitían, recogió las latas. Con el costal a cuestas caminó lo más rápido que pudo; era la hora de mayor tráfico, por lo que los autos se detenían ante la incesante orden de los semáforos, pero esta vez no le importaban. Al llegar a la barraca, un perro desnutrido lo recibió con alegría. Apenas entró, puso la tranca presuroso. En un rincón de la pocilga, con una vieja cuchara de peltre, rascó la tierra hasta encontrar la bolsa que contenía un fajo de billetes y una pistola, la tomó para echarla en su morral, luego, volvió a cubrir el agujero y salió.

Sabía donde vivía, dispuesto a esperarlo se agazapó en el marco de una puerta. El frío calaba, la humedad de su entrepierna sólo lo calentó el momento que tardó en salir, pues en cuanto se enfrió sentía como laceraba su piel. Pese a la helada nocturnal el cansancio lo venció.   No supo cuánto tiempo pasó, porque el Diablo lo despertó a patadas:

-¿Qué haces aquí apestoso de mierda?

-Vengo a pagarte.

EL arma apuntaba hacia "El Diablo", sin que éste se diera cuenta porque la ocultaba bajo la chamarra. Con sonrisa triunfal, el malhechor esperaba el dinero. Estuvo a punto de decir algo pero unas detonaciones y la sangre caliente que escurría de su pecho se lo impidieron. Con incredulidad, miró sus manos mojadas. La escaza luz no le permitía ver el color de la sangre, para saber que era precisamente eso, líquido vital y tras breves momentos, cayó muerto. El viejo, de pie lo miraba con odio. Hubiera querido patearlo como lo había hecho él antes, pero a duras penas lograba mantener el equilibrio por lo que sólo alcanzó a murmurar:

-Tenías razón, hijo de la chingada, no ibas a llegar a viejo.

Con el ruido de las detonaciones, nadie salió, por temor a una bala perdida, así que convencido de que no había testigos, se marchó.

Nuevamente en la barraca, el perro lo recibió con gusto. El cansancio apenas le permitió atrancar la puerta. Se acercó a la cama y se tiró sobre el pulgoso colchón. Poco a poco fue soltando cada parte de su cuerpo, al terminar sintió alivio. Ya entonces pudo decir a su perro: ¿Te acuerdas de la pistola que le quitamos al muertito aquel? Hoy la usé. Te dije, que es bueno tener un arma con qué defenderse. El perro, en respuesta, le lamió la mano. Momentos después, ambos caían en profundo sueño.

INSTANTES

Me dijo que me esperaría pasando el puente, justo a la entrada del viejo parque infantil, a donde siempre solíamos ir para vernos y que estaba lejos de miradas curiosas. Ese día me pidió que me fuera con él, dije que sí. Nos amábamos tanto que no teníamos otro camino.

Mi padre era una persona inflexible, yo sabía que jamás aceptaría nuestra relación. Cada día era más difícil vernos. Ser la única hija mujer en la familia, más que una ventaja es una limitación; además cada día me era más difícil estar sin él. En ese momento de decisión nos tomamos de la mano, ambos las apretamos con firmeza y fuimos a buscar el caballo. Salimos del pueblo a plena luz del día,   mucha gente que laboraba en el campo a esa hora, ni siquiera se aprestó a vernos.

Aferrada a su espalda, mi corazón palpitaba tan fuerte que casi lo podía escuchar. Pensaba en la preocupación de mi madre, al notar que era tarde y que mi regreso de la escuela se había prolongado. En la Nana golpeando las puertas del colegio, recorriendo las casas de mis compañeras para comprobar que su presentimiento era real, y que no era verdad que yo no conocía al hombre aquél con el crucé miradas.

Pobre mamá, pobre nana.

Pensaba también, en la ira de mi padre al descubrir mi ausencia.

 A medida que avanzábamos y nos adentramos a la sierra, me convencía de que jamás nos encontraría y me olvidé de todo.

 Mi cuerpo palpitaba de ansias, entonces me apretaba más a su espalda para urgirlo a llegar. Lo hicimos. Entonces el tiempo dejó de ser tiempo, el día, día y la noche, noche. Ahí, nos convertimos en la esencia misma de la existencia. De nuestra existencia en aquel cuarto, en aquella intimidad, en nuestra intimidad.

En ese des-tiempo nos amamos sin limitaciones de mil maneras hasta quedar agotados. Era entonces cuando el sueño nos ganaba. Con hambre, ingeríamos los alimentos que contenía la charola, que el posadero dejaba en el piso, después de dar unos golpes en la puerta.   Al terminar, nuevamente la regresábamos al mismo lugar y volvíamos a amarnos.

Un día me dijo que edificaría una casa para los dos y abandonamos el paraíso. Fuera del edén las cosas cambiaron, las obligaciones de la vida cotidiana nos abrumaron y poco a poco dejamos de ser lo que éramos, al no entenderlo pensé en regresar, renunciar a todo, pero era tarde.

 La vida cotidiana es una espiral que desciende al infierno. Ésta, a veces nos separa tanto, que hay momentos en que creo que lo odio y deseo que se vaya; pero cuando creo que de verdad lo pierdo, ese lazo que un día nos unió no deja que nos separemos y surge la reconciliación. Es por eso que ahora comprendo, que la felicidad son sólo instantes.

EL MANIQUI

LA NOTICIA: EXTRAÑO ACCIDENTE VIAL

La tarde de ayer se registró el accidente de un auto Honda, placas ECO222 sobre importante avenida. Al perder el control, el carro zigzagueó un largo trecho entre banqueta y carretera para finalmente estrellarse contra uno de los aparadores de una prestigiada tienda de ropa. El impacto provocó la destrucción de exhibidores y maniquíes, ocasionando que varios de estos salieran disparados en diferentes direcciones.

Causa asombro que nadie salió lesionado; sin embargo, esto ocasionó el cierre de la calle, ya que la llegada de decenas de curiosos, patrullas y personal de tránsito, obstruyeron la importante avenida.

EL MANIQUI: -Con el impacto salí volando. Gracias a las articulaciones de mi cintura quedé colgada de la rama de este árbol. Mis destrozos son importantes pero todo reparable. De mi brazo izquierdo sólo queda la mitad, la que va del codo al hombro. Además perdí la pierna derecha pero aun conservo mi melena dorada. Al ser una estructura, no siento dolor por lo que puedo esperar con paciencia a ser rescatada.

Fui construida junto con otros maniquís como parte de una estrategia comercial, mi creador, el Ing. Ernest Willson, es el propietario de la famosa compañía: Robótica Comercial, S.A., encargada de diseñar paneles, mostradores, exhibidores, repisas y maniquís, quien surte de este material a todas las firmas comerciales de mayor prestigio. Pertenezco al bloque de muñecas 79-ACH con rasgos de personajes famosos, como los Ángeles de Charlie, reconocida serie de televisión y película que dio gran fama a sus intérpretes.

Mis facciones son similares a las de Farrah Fawcett, quien en la serie era Jill Munroe, una ex policía separada de la academia para trabajar con Charles Tousend (Charlie) dueño de una agencia de investigaciones.

…sólo queda la mitad de mi brazo izquierdo y me falta una pierna, soy una estructura, razón por la que no siento dolor.

La serie alcanzó gran fama, por lo que los personajes se convirtieron en un ícono; esto me da la certeza de que yo el maniquí número 79-ACH-1: seré rescatada en breve.

Después de que los representantes de las aseguradoras deliberaron durante largo rato, los agentes subieron a sus autos y se marcharon.

…soy una estructura, lo que me hace insensible a la angustia, al miedo, tengo la certeza de que pronto me rescatarán.

La grúa ha cargado con el Honda, los encargados de la limpieza juntan los fragmentos de vidrio roto, metales retorcidos y partes de otros maniquís para ser transportados en el carro de basura.

Fui diseñada con los rasgos de Farrah Fawcett…

La calle quedó sola, los comercios están cerrados, las ventanas de los edificios están oscuras. Incansables, los semáforos cambian sus luces sin que haya conductores que las miren.

Mañana, el Licenciado López, encargado del mobiliario,   al hacer una inspección notará mi ausencia, entonces seguramente, se iniciará mi búsqueda.

Fui diseñada con los rasgos de Farrah Fawcett…

Los días pasan, todo regresa a la normalidad. Una mañana unas camionetas con el logo de Robótica Comercial, se estacionan afuera de la tienda. Varios hombres descienden de ellas y entran cargando herramientas y diversos tipos de material. En el interior, miden, cortan e instalan un nuevo mobiliario. El que parece ser el jefe, habla con el Licenciado López largo rato, al final, el jefe ordena algo a los otros, por lo que presurosos, los empleados se dirigen a una de las camionetas, para regresar enseguida con nuevos maniquís color gris plata con cuerpo femenino pero sin rostro ni pelo.

Una vez colocados en el escaparate, el Licenciado, desde la calle, los observa satisfecho. Nuevamente habla con el jefe   y, segundos después, ambos se despiden con un apretón de manos.

…el sol y la lluvia ha dañado la pintura de mi cuerpo, en algunas partes ésta se ha esponjado y empieza a desprenderse.

Con el tiempo, la serie se convirtió en un ícono de la cultura pop; una serie de culto, y su imagen se reprodujo en revistas, comics, muñecas. Cientos de mujeres vestían, teñían y cortaban el pelo semejante al de Farrah.

Los vándalos no lograron alcanzar mi cuerpo para desprenderlo del árbol, pero mi melena rubia no se salvó.

Soy un ícono de la cultura pop, sé que cuando me descubran…

SIQUIRIRO

El instinto callejero de Siquiriro, lo llevó a abandonar la casa donde nació. Aventurero, como todos los perros callejeros, pronto aprendió las artes y mañas de vivir sin dueño. De los embates perrunos siempre salía airoso, y su amplio conocimiento del pueblo, le daba ese aire de líder que sus congéneres captaban bien. Su áspero pelambre era de color amarillo descolorido; la larga y flaca cola iba acorde con el resto de su cuerpo, que en conjunto, le daban ese aire tan corriente, difícil de disimular.

Solía vagar por el pueblo sin rumbo fijo. En las mañanas, a donde más se le veía era en el mercado, por ser las horas de mayor actividad, así que muy temprano, seguido por otros perros, llegaba al área de carnicerías en busca de algún pellejo o hueso que roer; aunque los huesos crudos con sangre fresca, no le gustaban. Lo hacía más por instinto que por gusto; no por eso le resultaba aburrido, pues además se divertía mucho asustando a las señoras, que con la canasta al brazo, circulaban por el pasillo de las carnicerías. Lo hacía mientras ellas hacían sus compras, ya que aprovechaba la distracción para acercarse lo más posible y rozar con su piel las piernas de las compradoras. Un sobresalto las hacía brincar al sentir su cuerpo caliente y peludo; por allá iban a dar jitomates, chiles y demás verduras. Se armaba tal alboroto, que tenía que salir huyendo.

A Siqueiros estas travesuras le valieron patadas y canastazos, porque aunque corría, no siempre alcanzaba a zafarse de una tunda. Después, cansado de jugar, se dirigía a las zona de fondas, nada mejor para almorzar, que ese lugar; ahí siempre había bondadosas guisanderas que en algún trasto viejo y despostillado, le servían deliciosos restos de comida del día anterior, además de los desperdicios que los comensales arrojaban. Llena la panza, cualquier rincón del jardín era bueno para echar una siesta de la que ni las latosas moscas lo lograban sacar.

 Como todo perro, siempre estaba alerta, porque apenas escuchaba el traqueteo del viejo camión de la perrera, se despertaba; era entonces cuando tenía que usar toda su astucia para salvar el pellejo. En esas artes de escabullirse era un maestro, pues sabía sortear muy bien a los fieros cazadores, así que después de torearlos un rato, huía por alguna de las calles para regresar cuando ya no había ningún peligro.

Retornaba sin prisa, en ese momento tocaba el turno de visitar a don Lucio, el de la ferretería, quien precisamente lo bautizó con ese nombre.

-¿Cómo estás Siquiriro? Ya tenía días que no te veía, seguramente viniste a buscarme, pero no me encontraste, ¿verdad? ¿Sabes por qué? Es que salí de viaje. Sí amigo, me fui a Acapulco -el viejo, sin parar de hablar, entraba y salía seguido por el perro, al tiempo de que sacaba carretillas, diablitos, rollos de lazo y de alambre de púas, que acomodaba a la entrada de la tienda; otras mercancías más eran ensartadas en ganchos de metal que posteriormente pendían del tubo que estaba empotrado en el techo, y que hacía las veces de exhibidor-. Fueron unos cuantos días, me hubiera gustado estar más tiempo, pero no puedo cerrar el negocio tantos días.

Vieras que bonito es Acapulco, cerca del mar, hay una extensa playa con arena, si la conocieras seguramente te gustaría para correr, aunque yo no permitiría que lo hicieras al medio día porque a esa hora el sol cae de lleno y la arena quema mucho.

Por cierto, ¿ya almorzaste? Yo lo voy a hacer ahora, ven, te convido.

En el fondo del negocio, en un corredor que daba a un patio trasero, Lucio tenía una mesa donde podía comer, además de vigilar la tienda; antes de sentarse, sirvió en un plato vacío parte de sus alimentos para ponérselo al perro, no lejos de ahí.

-Anda, come. -Le dijo el viejo al tiempo que se limpiaba la boca con un pedazo de tortilla. Él los olfateó, luego, sin probar, levantó la vista para ver como el viejo, devoraba su comida- ¿No tienes hambre? mira ya me quite la comida de la boca y tú no la quieres ni probar, perro mal agradecido. —Indiferente a su reproche, el perro se paró en el marco de la puerta, Lucio intuyó que ya se iba, por lo que apurando el bocado le dijo: -¡Oye!, te quería decir que si quieres te puedes quedar aquí en las noches. Mira, lo puedes hacer ahí, en ese lugar -dijo señalando un sitio, donde ya ponía un cartón cubierto con una cobija-. Ahí estarás calientito; además de hacernos compañía, podrás ayudarme a cuidar para que en la noche no se vaya a meter alguna rata. ¿Ya sabes a que ratas me refiero, verdad?

¿Qué dices amigo, te animas? Toma en cuenta, que un lugar mejor que este no vas a encontrar.

La plática se interrumpió porque un cliente llamó, por lo que Lucio se dispuso a atenderlo. Siquiriro aprovechó el momento para salir a la calle y perderse entre los carros. Sin embargo, en la noche, a punto de cerrar, el perro regresó. El viejo lo recibió con alegría, era obvio que Siquiriro había aceptado el trato. A partir de ese día, fue su compañero nocturno, porque en las mañanas, apenas corría las cortinas, Siquiriro se paraba en la banqueta, miraba hacia uno u otro lado y finalmente con rítmico movimiento, se alejaba del lugar; a Lucio, no le importaba que su amigo se ausentara todo el día, ya que comprendía que, era callejero.

Un día, cuando Lucio regresaba de su paseo nocturno, unos maleantes lo esperaban agazapados entre las sombras del patio trasero. Al sorprenderlo lo encañonaron por la espalda, y con la orden de no hacer ruido, los dejó entrar, pero apenas se adentraron a la tienda, el perro salió de entre los anaqueles y con feroz gruñido, al tiempo que mostraba los filosos colmillos en un inesperado ataque en el que vanamente intentaban deshacerse del perro. En esa lucha a Siquiriro le dispararon varias veces, y aunque una bala le pegó, no lograron detenerlo, porque aún herido, continuó luchando.   Por suerte el ruido de las detonaciones llamó la atención, atrayendo a vecinos y policías. Lo que hizo que los pillos acabaran detenidos casi de inmediato, Lucio sólo se llevó un gran susto pero apenas se repuso, cargó con el perro a la casa del veterinario, quien determinó que la herida era leve, por lo que gracias a los cuidados que el agradecido comerciante le prodigó, el perro pronto sanó.

Desde entonces Siquiriro es un héroe muy querido y respetado por todos los lugareños; Lucio por su parte, no se cansa de contar la gran hazaña de su amigo, a cuanto cliente o agente viajero se presenta por ahí. Al perro no se le quita la maña de asustar a las señoras; y no hay día que no reciba por lo menos una patada o un canastazo.

LA DECISIÓN

La blanca luz de las lámparas de neón aparecía ante sus ojos a medida que los abría. Estaba despertando. Debieron haber pasado minutos, horas, o días, desde que cayó en la inconsciencia ante la orden del anestesiólogo:

"Cuenta para atrás a partir de cien: 99, 98, 97, 96…Ssss".

Con la mirada recorrió el lugar buscando algún indicio, que le asegurara que todo estaba bien. Se lo dio el rostro sonriente del doctor:

-Ya terminamos, en breves momentos te pasarán a una cama, y más tarde podrás irte a tu casa.

El temor se disipó, no había muerto desangrándose como llegó a pensar, tampoco perdió la matriz por un accidente quirúrgico o presentó alguna otra complicación.

"No te va a doler. Te vamos a sedar, es un procedimiento sencillo y rápido. Generalmente no tiene complicaciones, pero tienes que traer a alguien que te acompañe. Simple rutina. Necesito que llenes estos papeles y que firmes la autorización".

Miró a la enfermera moverse de un lado a otro, quitar y mover objetos. Por un instante sus miradas se cruzaron, algo debió de ver en su rostro que se acercó.

-¿Te duele algo? —negó con la cabeza. Fue difícil pero ya pasó. El tiempo hará que lo olvides, estás joven.

-¿Lo puedo ver?

-¿Para qué? Está chiquitito, parece un coagulo, no siente, todavía no tiene alma, no saben que…

Dos hombres de blanco llegaron con una camilla, y la trasladaron a una cama. Una nueva enfermera le acomodó la bata y la cubrió. "Duerme un poco" –le dijo-. "Al rato va a venir el doctor para darte de alta".

Dormir, ¿Podré?

Recordó lo difícil que fue tomar la decisión, los comentarios: ¿No te cuidaste? ¡Ya arruinaste tu vida! ¡Que sorpresa! El silencio de David, el pesar en sus ojos, en los de ella. Los bebes con sus madres: en el metro, en los micros, en los parques y salas de juegos, las guarderías, "A B C cuarenta y nueve niños muertos". "Los ninis". Al final la decisión.

-Te voy a ayudar a sentarte. ¿Te mareaste? Ya te puedes vestir.

Nuevamente los *jeans*, la mochila con los libros, el fólder con el trabajo de investigación, la calle, la luz del sol, la vida.

Allá quedaron las sábanas blancas, sucias de pureza profanada. Murió un proyecto, pero nació una mujer. La que piensa, decide y mata.

Los recuerdos y las culpas, para después.

PUREZA

Su tío Juan, le dijo que la llevaría con su jefe para ver si le daba trabajo de bailarina. Quería que ella le ayudara con los gastos, ya que le explicó, éstos subieron mucho desde que llegó a la casa. Además, ser bailarina era un trabajo muy bonito y quien quite, hasta se convertía en artista –agregó.

Al quedar huérfana. Belinda quedó bajo la tutela del hermano de su mamá, por lo que su opinión no contaba y la aclaración de que bailar era su sueño, no venía al caso.

Cuando llegaron al establecimiento, entraron por la puerta trasera. Como era un lugar cerrado, les llevó tiempo acostumbrarse a la oscuridad. Cuando lo logró, vio con desencantó que el lugar no era lo que había imaginado, lejos de eso: las mesas con sillas apiladas, el olor a tabaco y alcohol le daba un aspecto tenebroso. Mientras esperaba a que él regresara, subió al escenario para imaginar cómo se vería todo desde ahí. Luego, husmeó por detrás de las cortinas, alcanzó a ver dos puertas con un letrero que decía: Camerino y Oficina, respectivamente. Sin darle tiempo a ocultarse, la segunda puerta se abrió. Era su tío, quien salía para llamarla haciendo una seña con la mano.

Adentro, el hombre al que él, llamaba jefe, la miró detenidamente para enseguida ordenarle que se quitara la ropa. Se negó. Paciente, el hombre modificó su actitud y le explicó que necesitaba ver si su figura era la adecuada para lucir la ropa que utilizan las estrellas de cine y televisión. No muy convencida se desabrochó los pantalones, luego la blusa, ante la mirada aprobatoria de Juan. Al quedar en ropa interior, el jefe la recorrió con la mirada, produciendo en ella una sensación de ardor en la piel que la hizo vestirse de nuevo rápidamente

-Mmm…estás más delgada de lo que quisiera -dijo con desaprobación-, pero ya arreglada no se notará. Sin embargo te voy a dar una oportunidad porque me caíste bien. Ve los *shows* de las otras muchachas para que entiendas de qué se trata. Juan dice que eres buena para el baile, puedes inventar algo bonito, o copiar a alguna artista". Para que veas que te quiero ayudar, te doy quince días para que te prepares.

Y sin esperar respuesta se dirigió a su tío y le ordenó que escogiera algunos videos para que se los llevara a su casa y le sirvieran de guía.

-Tus rasgos infantiles son muy delicados –le dijo a la muchacha acercando su cara-. Busca algo de buen gusto. -Nuevamente se dirigió al tío Juan-. Llévala con doña Bertha para que le tome medidas y le haga los trajes que quiera".

Antes de salir, Belinda se detuvo para preguntar: -¿Me puedo poner un antifaz?

La idea le agrado. -¡Hombre!, es una excelente idea.

De regreso a casa le comentaba a Juan entusiasmada:

-Me gustaría que fuera de plumas como de pájaro, de esas que traen un piquito así en la nariz. Mi mamá siempre me contaba el cuento de una mujer que se convirtió en pájaro para poder liberarse de los hombres que la tenían presa.

Él, ya no la escuchaba, pues mentalmente hacía planes con el dinero que pronto recibiría. Los siguientes días se dedicó a supervisar el baile para que quedara al gusto del patrón y, una vez que estuvo satisfecho, se lo presentaron. Muy contento con los resultados, el jefe decidió ser él mismo quien organizara la presentación.

Belinda era un dulce, no poseía la malicia de las astutas mujeres de la casa, y aunque todavía carecía de formas corporales llamativas, su candor y pureza la hacían muy valiosa; estaba destinada únicamente para un círculo muy selecto de clientes; es decir para aquellos que pagarán su precio.

No con frecuencia se encontraba un hallazgo así, por lo que todo debía estar perfectamente planeado.

La noche de la presentación, y tras una minuciosa preparación, el *show* tuvo un éxito contundente. Incluso hubo que realizar una subasta, dada la demanda para dejar satisfecha a la clientela de la que resultó triunfador don Felipe Arredondo.

Al terminar la segunda presentación, el jefe pidió que la llevaran a la mesa, donde ya la esperaba el obeso viejo. Todavía llevaba puesto el antifaz de pájaro y Don Felipe no cesaba de mirarla, con el ansia con que se mira un suculento manjar. Por eso, sin contenerse, pasaba sus dedos gordos que adornaba con toscas sortijas, por sus brazos y espalda y regresaron a su pecho para jalar el pequeño pezón con su dedo índice y pulgar. Instintivamente ella se retrajo, pero el jefe, a su costado, la sujetó al tiempo de que se acercaba a   susurrarle algo que no entendió, pero que percibió se trataba de una amenaza.

Buscó entre la gente a Juan, pero sólo se topó con los ojos de las mujeres que desde lejos, la miraban no con celos, sino más bien con pena.

Belinda pronto comprendió el peligro en el que se encontraba, así que en un descuido se zafó de la mano de su captor y corrió sorteando las mesas hasta llegar a la puerta. El jefe hizo unas señas para que varios hombres la siguieran. Al salir del local, la oscuridad de la calle no la sobrecogió como otras veces, porque ahora era su aliada. Corría, corría, sin dejar de escuchar los múltiples pasos de los que atrás la seguían.

Lo hicieron largo rato sin lograr alcanzar a la ágil niña, hasta que desesperados, los perseguidores sacaron sus armas para detenerla. Muchas de las detonaciones que se escucharon casi la alcanzaron, y en esos momentos de inminente peligro, las palabras de su madre llegaron nítidas a sus oídos: "ella deseó con toda intensidad convertirse en pájaro y extendió sus brazos…"Belinda hizo lo mismo con los suyos y para su asombro, unas largas alas que brotaban de su espalda hicieron que se elevara. Sorprendida, miraba hacia abajo. Allá quedaban los hombres haciéndose cada vez más pequeñitos, mientras ella se alejaba remontando el vuelo hasta perderse en la nada. En ese momento no tuvo miedo porque una certeza se apoderó de ella, su madre la esperaba.

Los paramédicos al desprender el antifaz se dieron cuenta que era una niña, la que no necesitaba ser examinada para saber que estaba muerta y que lucía una expresión de dulzura, difícil de comprender.

LA CITA

Samuel engulló el resto de los alimentos y tomó agua para bajarlos. Con movimientos rápidos jaló sus cosas. En la calle, con zancadas largas se encaminó hacia el Centro. A esa hora el sol caía a plomo y el sudor bañaba su frente.

Desde que se fue a estudiar a la capital, resentía el cambio de clima, pero con la emoción del encuentro con Karina, ni lo notaba. Se dirigía al lugar por donde ella solía pasar para ir a la escuela. Además, tenía que aprovechar la oportunidad, ya que era uno de los pocos momentos en que se le podía encontrar sola, pues más tarde un séquito de amigas la rodearía cuchicheando quién sabe qué cosas.

Lo tenía todo planeado: saludarla, preguntar un poco sobre cómo le había ido en la escuela y después hacer la cita. Porque sería en esa donde le declarará su amor. Repentinamente la ilusión se opacó ante la posibilidad de que ella lo rechazara, por lo que dudando disminuyó la velocidad de su paso, sin embargo, al llegar a la esquina se encontraron:

-¡Karina!

-¡Qué tal Samuel! ¿Cómo estás?

-Muy bien —dijo turbado.

-¿Estás de vacaciones?

-No, son precisamente vacaciones.

Ella miró su reloj y sin dar tiempo a más, exclamó:

-¡Huy, es tardísimo, no me van a dejar entrar! –dijo a modo de disculpa, mientras corría-. Me dio gusto saludarte. ¡Adiós!

La alegría del encuentro se esfumó por la desilusión. Dio la vuelta y regresó a su casa. En el trayecto se culpaba por ser tan tonto, y haberla dejado ir sin preguntarle si se podían ver después.

El plan para invitarla a salir para declararle su amor, no resultó.

Con la imagen de ella clavada en su mente, entró a su casa, su hermano y su padre seguían en la mesa, quiso pasar de largo pero éste lo llamó.

-Samuel.

-Si papá.

-Ven hijo, quiero que me cuentes como te han tratado en la pensión de doña Rosa.

Hubiera querido irse a su cuarto, cavilar sobre Karina y lo sucedido, pero resignado se sentó a la mesa con la molestia de que su hermano, aprovechó su presencia para retirarse y dejarlo solo con la compañía paterna.

Fue una larga conversación, si es que se puede llamar así al monólogo que sostuvo su padre, en el que animado se explayó contando viejas anécdotas de su época de estudiante. Él, sin mantenerse quieto, se movía intentando mandar un mensaje que el padre se negaba a comprender, hasta que finalmente consultó su reloj y decidió que era hora de regresar a trabajar por lo que se puso de pie. Antes de retirarse lo sorprendió con un último comentario: "Muchachas, hay muchas, no te aferres a una que tal vez no es para ti".

Los siguientes días se topó con ella en varias ocasiones, unas sola, otras acompañada, que para el caso todas fueron lo mismo, porque nunca logró hacer la ansiada cita.

Por otro lado se percató de que Juanillo, el hijo de don Pedro, el de la mueblería, la rondaba y al parecer a ella le agradaba. Ya no hizo nada. El fin de semana regresó a la universidad.

Las siguientes semanas tuvo noticias de que ella y Juanillo se habían hecho novios. Decepcionado, espació sus idas al pueblo. Un día volvieron a encontrarse en la central de autobuses, en esa ocasión él iba hacia el pueblo y ella regresaba porque ya radicaba en la ciudad; se saludaron con alegría y a sugerencia de él quedaron de llamarse por teléfono, por lo que él extendió una pluma para que anotase su número telefónico ya que ella no tenía. Lo hizo a la carrera en una esquinita del boleto porque ambos tenían que partir.

Nunca lo llamó. Pero la seguía recordando.

Pasaron varios años, nuevamente se encontraron en la fiesta del pueblo. Su rostro adolescente había madurado y lucía preciosa, moderna. Durante un rato hablaron de ellos, sus trabajos, del lugar donde residían, se notaba que les iba bien y que habían progresado. Esta vez ella no traía prisa pero se despidieron pronto con la promesa de comunicarse. Contrario a otras ocasiones, ella sacó una tarjeta con todos sus datos y se la dio.

Apenas salió de ahí, Samuel la rompió, porque ahora estaba convencido de que "Muchachas, hay muchas".

MARIANA/

De cómo la mujer logró su independencia

En el pueblo, muchos recordaban a Mariana (una hermosa joven), porque pertenecía a una de las familias de mayor influencia, por lo que era frecuente verla de abanderada en los desfiles escolares, como reina de la asociación de charros, de donde su padre era el presidente, o en cualquier acto cívico importante.

Como buen pueblo creyente, año con año se celebraba una gran fiesta en honor a su santo patrón: el Señor de los Buenos. Era entonces cuando el lugar se engalanaba para recibir a visitantes de otras poblaciones, por lo general hombres solos que iban en busca de hacer negocios, ya que la actividad principal del lugar era el comercio y porque además, entre trabajo y diversión, no era raro que tuvieran encuentros amorosos. Por eso desde las vísperas, las muchachas en edad de merecer, apuraban a las costureras a entregar pronto los vestidos que con tal motivo estrenarían, mientras que sus madres se afanaban en preparar todo lo necesario para que los oficios religiosos se realizaran con gran realce.

El esperado día, desde muy temprano, las estrechas calles se saturaban de gente que iba a la misa de función, para una vez cumplido el deber, continuar el festejo con el recorrido entre puestos de comida y productos artesanales. En esos días de entre vuelta y vuelta se daban los clásicos flechazos que más tarde, con suerte, terminaban en matrimonio, como lo fue el de Mariana y Guillermo, que tantos comentarios levantó.

2

Como era de esperarse, la boda se celebró con mucha pompa. Ese día un gran desfile de coches con distinguidos invitados pasaron por las principales calles de aquel apacible pueblo para atestiguar el enlace. El amor que ambos se prodigaban era envidiable. ¿Cuántos y cuántas no hubieron deseado conquistar a la bella Mariana o al apuesto Guillermo? Seguramente muchos. Lamentablemente para los demás, el destino quiso que ambos fueran uno para el otro y no les quedó más remedio que resignarse.

Pasaron los días, la emoción por los pasados acontecimientos se fue bajando y otros sucesos pasaron a ocupar la atención de los habitantes de aquel pueblo. La pareja se dedicó a vivir su matrimonio como otro de los muchos que había.

Al paso de los años, con sus cuatro vástagos, formaban una familia en la que Guillermo pasaba la mayor parte del tiempo trabajando, mientras ella se afanaba en atender las necesidades de sus hijos, sin sentir como pasaba el tiempo. En un abrir y cerrar de ojos, los niños se convirtieron en hombres y mujeres capaces de decidir su propio destino; fue así que los muchachos, con la venia de sus padres se fueron yendo a otros lugares donde decían, encontrarían otra vida mejor. Al quedarse sola, Mariana no se "encontraba". Para colmo, por esos días descubrió que hacía tiempo que su marido se ocupaba en atender las necesidades de Catalina, una joven y atractiva muchacha. El golpe no pudo ser peor. Sin saber qué hacer deambulaba por su casa, corroída por el dolor.

Algunas personas trataron de aconsejarla y le decían que esperara, que todos los hombres eran iguales, pero que al final siempre regresaban. Con eso, lo único que lograban era enfurecerla más.

Un día, después de haberlos espiado, los encontró juntos. Frenética se lanzó contra su rival, pero la intervención de él hizo que las cosas no pasaran a mayores. A partir de entonces la casa se volvió un infierno por los pleitos que ocasionaban sus constantes reclamos, por las ausencias de él y los largos silencios cuando estaban juntos.

Triste, se refugió en su casa. Era lo que quedaba del hogar.

3

Habían pasado seis meses desde que estuvo internada por haber ingerido una cantidad descomunal de medicamentos. Todos lo calificaron de intento de suicidio, aunque otros dirían que fue un vil chantaje. Fuera lo que fuera, se repuso y tomó una decisión: se iría del pueblo a vivir con sus hijos, pensando que a su lado encontraría el cobijo que necesitaba.

En la ciudad, su llegada fue recibida con alegría, más no sus intentos de ocuparse de ellos como cuando eran niños. Buscaba darle sentido a su vida. Ante el rechazo de ellos y sin saber qué hacer, ni adonde ir, mataba el tiempo recorriendo cafés y centros comerciales, hasta que cansada y con el closet lleno de ropa nueva, empezó a entablar conversación con la dueña del modesto restorán donde optó por ir a comer.

La afable Carmelita -nombre de la propietaria-, pronto se ganó su confianza y se hicieron amigas; tanto, que algunos domingos, cuando Carmelita no salía con su amor, se reunían para dar la vuelta o ir al cine.

Un día sucedió que la mesera que trabajaba ahí, no se presentó. Preocupada por el agobio de su amiga,   Mariana se ofreció a ser ella, quien la sustituyera. Carmelita, escandalizada, dijo que no.

-¡Imposible! Este no es un trabajo para ti, tú eres una mujer fina. No puedes hacer esto.

-¿Te olvidas que durante más de veinte años fui ama de casa? ¿Que aunque tenía personas que me ayudaban, disfrutaba preparar los platillos favoritos de mi marido y atendía personalmente a mis hijos? No considero algo indigno, servir a alguien, además…

Ante su tozudez, a Carmelita no le quedó más remedio que aceptar:

-¡Esta bien! ¡Está bien! El trabajo es tuyo.

 El trabajo era agotador, aun así su ánimo no decaía, lejos de eso, el tener un ingreso propio la hacía sentirse diferente. Un día le propuso a Carmelita hacer algunos cambios que resultaron ser un éxito. Más tarde,   ya eran   socias. Imparable, buscaba opciones de progreso y las ideas, llovían.

Una noche, satisfecha Mariana reflexionaba acerca del giro que había tomado su vida. Memo fue una parte importante en ella, pero su experiencia actual la había renovado e inexplicablemente sentía deseos de hacer más cosas, pero antes…miró hacia el calendario que pendía de la pared, faltaba poco para la fiesta del Señor de los Buenos. Una idea surgió en su mente: convencería a Carmelita de que unas vacaciones no les vendrían mal.

4

Fuera del coche, Mariana y Carmelita hacían esfuerzos por cargar con las maletas, cuando Kica, su vieja ama de llaves, salió con alegría a recibirla en compañía de su hijo. Ella la saludó con un afectuoso abrazo. En la casa, recorrió hasta el último de los rincones. La encontró intacta. Luego, procedió a asignarle una recámara a su amiga, y una vez en la suya, mientras se quitaba la ropa, los recuerdos le llegaron suaves, sin la violencia de la ruptura. Sin dejarse llevar por la nostalgia, de la maleta sacó algo fresco y ante el espejo, vigiló que todo estuviera perfecto. Su esbelta figura lucía bien y aunque su rostro mostraba su madurez, la intensidad de sus ojos reflejaba juventud.

Apenas salieron, se internaron entre la gente que avanzaba lento hacia la iglesia. En el trayecto se topó con varios conocidos que la saludaron con alegría. Aunque trataba de no pensar en Guillermo, la posibilidad de encontrarlo le generaba inquietud. Habían pasado cuatro años de que salió de ahí y quería convencerse de había superado viejos resentimientos. ¿Cómo sería ese encuentro?, -se preguntaba-. Pronto lo supo, porque no bien se aproximó al puesto de nieves, lo vio. Sus miradas, como antaño, se encontraron. A medida que se acercaba, notó que aunque su cabeza estaba totalmente blanca, aún conservaba ese aire distinguido y varonil que a ella tanto le gustaba. Una vez que estuvieron frente a frente, el minuto que tardaron en saludarse pareció una eternidad:

-¡Hola! ¿Cómo estás?

-Muy bien ¿y tú?

-Mírame –dijo apenado-. He subido de peso. Tú, en cambio, luces hermosa, la vida en la ciudad te ha sentado.

-Sí, supongo que sí.

Los inoportunos gritos de un niño, que tiraba del pantalón de Guillermo para pedirle un globo, interrumpieron el diálogo. Su marido, confundido lo miraba sin responder, hasta que ella preguntó.

-¿Es tu hijo?

-Sí

-¿Cómo se llama?

-Guillermo.

En ese momento, Catalina se acercó contoneando su enorme vientre de embarazada.

-¡Querido!, que el globero se va.

Al mirarla, se dio cuenta que ya no sentía odio por la mujer que un día le robó a su marido y le dijo:

-Te sienta bien el embarazo.

-Gracias —respondió la otra, sobándose el vientre.

En ese momento las campanas de la iglesia daban la última llamada y urgida por éstas dijo:

-Bueno, se hace tarde, me dio gusto saludarte -le dijo a él.

-A mí también.

Retomó el paso caminando con su amiga tan aprisa como la gente se los permitía. Al hacerlo, recordaba la mirada de

Guillermo; era rara. ¿Sería que…? Pero no importaba ya. La prueba había sido superada.

OTOÑO

Las cortinas no cesaban de moverse con ajetreado vaivén, arrastrando a su paso diversos objetos. Un gélido viento dispersó los papeles del escritorio. Fue así como se perdieron horas de minuciosa selección de documentos. Hubiera querido evitarlo, pero ni tiempo le dio, ya que fue sorprendido por el golpe de la puerta al azotarse y el estallido de un florero al hacerse añicos. Cuando cerró la ventana, el mal ya estaba hecho. A partir de ese momento tendría que restar a su escaso tiempo, los minutos que le llevaría volver a ordenar el trabajo. Del florero ni hablar, pues el daño era irreparable.

Con esa catástrofe supo que el otoño había llegado.

Sin tiempo para recoger el desorden, tomó el abrigo y pasó la bufanda por el cuello; una vez afuera vio la cubierta de hojarasca que cubría el asfalto. El viento arrastraba las hojas de un lugar a otro, hasta que finalmente las detenía para formar con ellas pequeñas islas de color dorado. Una hilera de árboles desnudos sobresalía a lo largo de la avenida. Cuando era joven, ese espectáculo le encantaba, inclusive le parecía romántico y le despertaba deseos sexuales. Con el tiempo todo devino en tristeza, tal vez como reflejo de su estado interior.

En su silencioso caminar escuchaba caer las hojas que aún permanecían aferradas a las ramas. Producían un ruidito suave y frágil, parecido al que hacían al arrastrarse. Miró el reloj, marcaba las 4:50 p.m.; aceleró el paso, la cita con el médico era en diez minutos y apenas tenía tiempo para llegar.

Un taxi se detuvo al llamarlo, tras indicar la dirección rodó calles abajo. Al pasar por la zona comercial, observó por la ventanilla el transitar animado de la gente; tal vez se debía a que era "la hora feliz": la de los encuentros, de la salida del trabajo, del descanso o porque era el típico paisaje de otoño que auguraba una bella Navidad. Por su parte, esta vez, no le transmitía nada, como en otros años. ¿Sería que se estaba haciendo viejo?

En el consultorio se dirigió a la recepción y una enfermera le indicó que tomara asiento. Lo hizo con esa sensación de sobrecogimiento que no le dejaba. Le preocupaban los resultados de los análisis; por fortuna en unos minutos el médico lo sacaría de dudas al darle el diagnóstico.

Como siempre, el doctor no llegó a tiempo, por lo que la consulta fue más tarde de lo previsto, alargando los momentos de incertidumbre.

Nuevamente en la calle, caminaba sin prisa. Con los hombros caídos, absorto, ya no escuchaba el crujido de las hojas al pisarlas. Una ráfaga de viento lo envolvió en una nube de polvo que le impedía ver. Tuvo que detener su paso para cubrirse la cara y no pudo evitar que el miedo lo abrumara. Se sentía frágil; tanto, como las hojas muertas que yacían en el suelo. Hubiera querido no estar ahí, pero contrario a eso, permaneció inmóvil. Finalmente el viento pasó y todo volvió a la normalidad. Al esfumarse el miedo, surgió en su interior un rayo de esperanza; tal vez debido a que se dio cuenta de que nada era eterno. Con decisión retomó el paso, -aún tenía mucho por hacer.

EXTRAÑA SITUACIÓN

Mario mira la calle. A las once de la mañana el clima es agradable; no será así a la una, porque para entonces el calor y el hambre habrán arreciado y sin un centavo...a esa hora, las personas circulan sin prisa. Muchos como él, son desempleados; lo reflejan en su caminar, en su vestimenta, en su expresión. Las portadas de revistas "porno" y las fotos de algunos periódicos atrapan su mirada: "Mmm, lo mismo de siempre", dice para sus adentros. Aburrido, abandona el puesto y se deja llevar por las decenas de transeúntes que circulan por la calle repleta de negocios.

Su vida se fue al desastre a partir del cierre de la fábrica: "¡Háganle como quieran!" les dijo don Roberto, el dueño, "Yo no tengo la culpa de que los productos chinos sean más baratos". Desde entonces todo se vino abajo, hasta su matrimonio. Nada le ha salido bien y sólo mata el tiempo quejándose con otros que se encuentran en las mismas circunstancias. Hoy no está para lamentarse, por eso va al Centro, piensa que tal vez ahí, en medio de tanta actividad su mente se despeje y surja alguna idea.

No bien reinicia su camino, cuando sus ojos tropiezan con una billetera que mal guardada sobresale del bolso que carga al hombro una mujer. Está en la tienda de regalos. Es obvio que no se da cuenta del riesgo que corre la billetera. Incrédulo, por la oportunidad que se le presenta, piensa en robarla. Sustraerla sólo requiere de dos dedos: el índice y el pulgar. La idea le surge como un chispazo.

Él nunca ha hecho algo parecido, pero no cabe duda de que la suerte está de su lado, además si no es él, otro lo hará. Aunque sus temores amenazan con dominarlo, analiza cuál es la mejor forma de llevar a cabo el robo: detenerse junto a ella a mirar, es una buena idea. Eso haría que se acostumbraran a su presencia, el resto sería fácil. Si contara con ayuda, los otros rodearían a la mujer para distraer su atención para, en un momento dado, asestar el golpe. Imposible,   pues va solo. La última y desesperada opción es la de jalarlo y echarse a correr. Es arriesgada. Si, las mujeres se dan cuenta, bastará con el grito de una, para que vendedores y gente que circula por ahí, intenten detenerlo. Por otro lado, hay que tomar en cuenta que la mayoría de personas no suele intervenir por temor, así que sin pensarlo más se dirige hacia ellas. Sus manos sudan, su frente también, pero nada lo detiene, sobre todo cuando está a escasos dos pasos de ellas. A punto de lograr su objetivo, algo lo hace tropezar y cae cerca de las dos. Las mujeres reaccionan de inmediato y se aprestan a ayudarlo:

-¿Se siente bien?

Apenado levanta la vista para responder, pero antes de hacerlo se percata de que la billetera ya no está en su lugar, por lo que deduce que la caída no fue fortuita; seguramente otro más ágil, lo usó como cebo para distraer la atención. Indignado, el sudor de su frente se torna frio y su respiración se dificulta debido a un dolor en el pecho. Las mujeres no esperan una respuesta, pues la palidez indica que algo no está bien y gritan pidiendo ayuda, la que no tarda en llegar porque a escasos metros se encuentra una de las clínicas del Metro. Un par de voluntarios se acercan,   lo trasladan y de inmediato recibe auxilio.

Horas después, el ya recuperado Mario, escucha a un joven médico decir que la crisis ha pasado. Mientras llena una receta, le recomienda llevar una vida tranquila y sin preocupaciones porque de lo contrario, es posible que otro día no corra con la misma suerte de hoy.

Sale. Para su sorpresa, en el corredor,   las dos mujeres que horas atrás lo auxiliaran, aguardan sentadas; apenas lo ven, van a su encuentro. Preocupadas por su estado de salud lo interrogan. Él, abrumado, responde de manera evasiva. Intenta convencerlas de que no fue nada grave, para deshacerse de ellas lo más pronto posible, pero insisten en acompañarlo a su casa, lo que detona un forcejeo entre   negativa e insistencia. Al final logra convencerlas de que todo va a estar bien y agradece su atención, pero, a punto de retirarse, mira hacia el bolso y descubre que la cartera sigue en el mismo lugar que al principio. Su confusión es tal que a duras penas la disimula, sin embargo, se sobrepone e intenta ser amable con las que le salvaron la vida, por lo que les recomienda tener cuidado con la cartera, ya que sería muy fácil, que alguien la sustrajera. La dueña alza los hombros con desenfado y responde:

-Hace tiempo que mi cartera está vacía porque   estoy desempleada-. Ambos sonríen, enseguida   se   despiden y minutos después, se pierden entre el gentío.

DORA, LA ARTISTA

Ensimismada con sus habilidades artísticas, Dora, la elefanta, no dejaba de practicar su acto días tras día. Repasaba las órdenes de su entrenador, hasta lograr un dominio total. Cada pose era una muestra de destreza. Su gracia era sin igual. Ya en la pista, después de terminar su número, salía junto con los otros elefantes tomados de la trompa-cola. Apenas se cerraban las cortinas, agotada, se dirigía al lugar donde la aguardaba su pequeño hijo.

Su relación con él no era buena porque el pequeño orejón demandaba mucho su presencia, al no tenerla, enfurecía. Un día, el elefantito desapareció sin que se volviera a saber de él. Dora languideció de tristeza dejando de ser la estrella del circo.

Examinada por diferentes veterinarios, el dueño del circo, llegó a la conclusión de que moriría. Al no tener corazón para sacrificar a Dora, planeó una gira hacia la tierra de dónde había sido sustraída para llevarla a morir. Ya estando ahí, la abandonó. Sola, caminó sin rumbo fijo durante varios días, hasta que desfalleciendo llegó a una aldea habitada por monjes. De inmediato fue atendida con amorosa compasión, desde entonces, en su ascética vida, se dedica a meditar los libros sagrados.

Mientras en otro lugar, su hijo, Dumbo, triunfa.

EL HECHIZO

Apenas crucé el umbral, las puertas se cerraron. La estancia era grande; una gran lámpara de vidrio cortado pendía del techo, a ella llegaba la luz del sol para refractarse y posteriormente proyectar un sin número de círculos tornasoles en las paredes. Las suntuosas escaleras que ascendían a la planta alta, se encontraban en el lado izquierdo. Al subirlas me detuve en cada una de las ventanas ojivales, para observar desde ahí la campiña en sus diferentes tonos verdes. El serpenteante camino se veía con claridad. En esos momentos nadie transitaba por ahí. No pude evitar que se me escapara un suspiro al pensar en el Príncipe: ¿cuándo irá a venir?

Entré a la recámara, la cama lucía perfecta con todos esos hermosos cojines, además de su dosel. Del ropero saqué mi vaporoso pijama azul y los vestí. Tras cepillarme cien veces el pelo frente al espejo, anudé mi cabello con un listón sobre la cabeza. Antes de acostarme me acerqué a la ventana y miré el cielo; una estrella fugaz irrumpió el sereno paisaje. En el acto cerré los ojos y le pedí que el Príncipe regresara. Después, con la convicción de que mi deseo se cumpliría pronto, quite el lazo que sujetaba las cortinas del dosel para que su intimidad me guardara y yo pudiera soñar; así me dormí.

Lo vi en sueños, era tan real que percibí con claridad cómo pegaba su cuerpo al mío al abrazarme. Me estremecí de deseo; pasé mis brazos por su cuello y él se inclinó para besar mi boca con pasión. Sabía lo que seguiría: me levantaría con sus fuertes brazos para llevarme a la cama… o tal vez nos quedáramos ahí. Lamentablemente no fue así, pues en ese momento, el canto de los pájaros que volaban a mí alrededor me despertó; me sentí tan furiosa que hubiera querido matarlos por haber interrumpido esos momentos de amor, pero me contuve.

La ducha en la tina aceleró mi deseo de verlo, decidida a no esperar más, salí de ella para vestirme e ir en su busca. Seguramente lo encontraría por los caminos que conducen al bosque, tal vez andaría de caza. Bajé corriendo peligrosamente las escaleras, ignoraba a ratones y aves que vanamente intentaban decirme algo. Al abrir, estuve a punto de caer al vacío, de no haber sido porque mi instinto de supervivencia hizo que me sujetara del marco de la puerta. Lo que descubrí al hacerlo, fue espantoso: el castillo flotaba. Afuera, no había tierra firme que pisar, sólo una bruma blanca que a veces se movía por el viento, que lo rodeaba.

Cerré la puerta aterrada, en ese momento tenía a mis amiguitos expectantes frente a mí.

-¿Qué sucede? –pregunté.

-Intentábamos decírtelo: este es un cuento y estás revolviendo las historias.

No bien habían terminado de decir la última palabra, cuando noté que todo lo que me rodeaba eran imágenes de algún libro; la realidad llegó con un estruendo y perdí el conocimiento.

¡Punk!

 Sobresaltada abrí los ojos; vi que mi pequeña hija se había quedado dormida igual que yo y que fue el ruido del libro al caer lo que me despertó de ese sueño. Somnolienta lo recogí, besé su frente y salí sigilosa.

Adormilada, me puse el pijama y apenas acomodé la cabeza en la
almohada, caí en   profundo sueño.

El agua que caía desde la bandeja que los pajaritos cargaban, me
despertó, nuevamente estaba frente a ellos preguntando:

-¿Qué sucede?

-Intentábamos decírtelo: tu rival, creo un hechizo para separarte
del príncipe por eso el castillo flota; además vamos a la deriva…

LAS CUERDAS

Al salir de la estación Zócalo del Metro, don Manuel se dirige sin prisa, a la calle de Tacuba, trabaja en el número trece. Es un viejo edificio que conoce muy bien por su oficio de albañil. El señor Góngora, el propietario, lo contrató hace más de veinte años, para hacer una compostura y desde entonces se quedó ahí para dar mantenimiento al viejo caserón.

Todos los días el viejo albañil atraviesa la gran Plaza de Armas. A las seis de la mañana, aunque aún está oscuro, es el momento perfecto para disfrutar el paisaje que como estampa de un algún libro se presenta ante sus ojos.

A paso lento siente correr el aire helado en sus mejillas, que amenaza con tirarle el sombrero. Al pasar por el asta bandera, escucha las campanas de Catedral llamar a misa, apresura el paso.

Al Llegar a la puerta que con cantera verde muestra el número trece en la parte superior, maniobra para entrar. La jornada inicia desde ese momento y muchas veces no sale de ahí hasta pasadas las cuatro, dependiendo del trabajo que realice. En esta ocasión tendrá que regresar al centro a las ocho en busca de un chalán, de los que suelen ponerse a un costado de la Catedral cuando están desempleados.

A la hora señalada nuevamente sale a la calle todavía vacía. Eso resulta extraño porque por lo regular a esa hora, ya hay gente, que transita a su trabajo; sin prestar mayor atención se dirige al Zócalo. Conforme se acerca a la plaza puede ver a numerosas personas congregadas, mirar al cielo. Todavía retirado trata de ver qué hay en esa dirección y ve que suspendidas en el espacio se encuentras dos largas cuerdas en forma horizontal. Miden aproximadamente veinte metros. Su espesor y material es semejante al que utilizan los trapecistas en los circos.

Se acerca para ver de qué están sujetas, pero asombrado, descubre que nada las detiene. Rodea al gentío para observarlas desde diferentes ángulos, sin encontrar nada que lo explique.

Confundido repasa mentalmente las horas anteriores en las que pasó por ahí. "¡No había nada! Estoy seguro." –Murmura para sí-. Nuevamente observa la gente, y nota que están reunidas en forma circular, dejando libre el centro, como si un círculo imaginario delimitara el espacio. Nadie cruza la imaginaria línea, aunque nada lo impide, simplemente no sucede.

Buscando explicaciones, los desconocidos hablan entre sí.

-¿Para qué son, eh?

-Quién sabe –le responde alguien-. Yo también quisiera saber.

-¿Se fija que nada las detiene?

-Sí, ya tengo rato aquí y no encuentro de dónde cuelgan.

-¿Desde cuándo aparecieron?

-Un señor que estaba aquí, dijo que a las cinco de la mañana que él pasó, no estaban.

La gente sigue pasando. Unos, renuentes a retirarse, deciden irse a trabajar, mientas a otros la hora no les importa.

Una inquietud se apodera de don Manuel, quien olvidando el motivo de su regreso, nervioso, retorna a su sitio de trabajo. Con manos temblorosas toma sus cosas, se pone el sombrero y sale rápidamente para dirigirse a su casa. Tan pronto llega, narra a su mujer lo sucedido; ambos están asustados pero lo disimulan. Esperando a ver qué ocurre encienden el televisor para estar al pendiente de las noticias.

La tv y el radio, reportan lo que él ya sabe: que aparecieron dos cuerdas, que desconocen la razón o su significado pero, aseguran que pronto tendrán conversaciones con algunos especialistas, y que las autoridades están preparando una rueda de prensa para cuando termine el análisis de la situación.

Para no perder el *rating,* empezaron a proyectar documentales sobre ovnis, extraterrestres, testimonios. Sin faltar los círculos intelectuales disertando sobre el extraño suceso. En fin, se volvió tema de todos los noticieros y, conversación obligada en todos los lugares.

Por la tarde don Manuel se reúne con familiares y vecinos para comentar los acontecimientos y como es de esperarse, conocer los rumores que ya corren.

"Dicen que el "Súper Empresario" estaba probando un nuevo invento que le ofrecieron, que se maneja a control remoto, se ignora para qué fines. Pero ya se deslindó del asunto".

Sin embargo, solicita al autor, que si está en venta lo busque para negociar su compra.

Ja, ja, ja.

Las risas relajan la tensión y Doña Emi pregunta: ¿quién es el "Súper Empresario"?

-¡Huy, pues el dueño de la telefónica!

Otro agrega que los del grupo de Pro-vida van a realizar una serie de rosarios en la explanada en señal de desagravio por tantos pecados cometidos, otros grupos ya se están organizando para una gran peregrinación que partirá desde la Basílica hasta el Zócalo, con la imagen de la Virgen de Guadalupe. En ésta marchará toda la élite sacerdotal.

Otros dicen que es un truco del Presidente, para distraer la atención y así poder pasar la reforma energética sin tanto lío. Aunque los priístas aseguran que es el "Peje", que como no acepta que perdió las elecciones, va a aprovechar a la multitud para convencer a la gente de que proteste.

Entre bromas y risas se despiden. Una vez solos, Leonor pregunta a su marido si el día siguiente iría a trabajar, con una mirada de súplica y con las esperanza de que diga que no.

Él se rasca la cabeza y tras meditarlo un poco le dice:

-La mera verdad no sé. En la mañana me dio miedo porque son cosas extrañas, que uno no alcanza a entender. Vamos a esperar a ver que dicen en las noticias ¿no?, ya mañana decidiremos. Mientras vámonos a dormir.

A las cinco de la mañana prende la televisión para enterarse de las últimas noticias. Transmiten desde la plaza. En ella hay una gran algarabía ya que diversas personas pernoctaron allí.

Por un lado se ven a los chavos banda con sus vestimentas estrafalarias bailando y cantando "El rock de las cuerdas", que ya compusieron.

Los de *Green Peace* portan mantas que dicen: "ÉSTAS SON SEÑALES. SALVEMOS EL PLANETA", además de gentes de diferentes estratos sociales que pasean en medio de ese ambiente festivo.

Don Manuel decide ir a su trabajo, no sin antes calmar a su mujer, diciéndole que no se preocupe porque todo iba a estar bien, que al final va a resultar que todo se trata de una broma.

Solo, en la calle, la angustia aparece nuevamente. Algo en su interior le dice que esto significa algo, pero no logra entender qué es.

La estación de Zócalo no está cerrada como él creía. Conforme sube las escaleras, ve que el cielo empieza a clarear; casi afuera, lo primero que ve, es a una mujer que señala al cielo con una expresión que él define entre asombro y miedo. Enseguida, un hombre con un micrófono le indica a un camarógrafo que enfoque lo que está sucediendo. El silencio inunda la plaza. La multitud mira hacia arriba con la clara intención de emprender la huida. Las cuerdas, amenazantes, se han tensado y la gente sin esperar más, corre en todas direcciones. Manuel, incrédulo, ve como nubes grises y negras oscurecen el cielo. En ella ve o imagina figuras, son mujeres o ángeles que se cubren con las manos sus rostros llorosos. Finalmente, las cuerdas, que no han cesado de tensarse, se revientan.

En ese desorden un ave aparece en el cielo y en picada se estrella contra el asta bandera, luego cae muerta.

La plaza está vacía, y él, sin moverse, observa en el suelo los trozos de cuerda y de ave.

Sabe que es un mal presagio. Al erguirse, la gente, desconcertada, regresa.

Se abre paso para alejarse. Al hacerlo mira una de las rectilíneas calles que convergen en el centro. Inexplicablemente, bloques de adoquines se han botado. Camina unos pasos y ve que en otras calles sucede lo mismo, sólo que en éstas ocurre en ese momento. Sin esperar más, corre para alejarse de ahí.

…

Palabras de la autora

Tras cinco años de formar parte de uno de los talleres de narrativa de la escritora Citlali Ferrer, he logrado desarrollar un trabajo que hoy me congratulo en presentar.

Escribir cuentos no es fácil -no en vano existen tantos textos al respecto-. En el taller he conocido la estructura del cuento y su complejidad; es difícil, pero es una inclinación y contra esa nada se puede. En mi caso a veces produce satisfacciones, las más, desaliento. No obstante es algo que disfruto mucho.

Los talleres suelen ser pequeñas sesiones de tortura a donde después de entregar una copia del texto a cada uno de los participantes, el autor deberá leerlo en voz alta para que al terminar todos hagan una crítica.

El diccionario de la lengua española define la palabra crítica como: "El conjunto de opiniones o juicios técnicos que se hacen sobre una obra artística o del conocimiento". En la práctica, es semejante a un bombardeo del que pueden resultar dos cosas: aprendes o te das por vencido. Definitivamente no hay otra forma de aprender a escribir, más que escribiendo; los principiantes necesitamos que nos corrijan y, muchas veces asimilar la lección no es fácil.

Cinco años de incursión en la literatura y en la narrativa como hobby, son pocos para una persona a la que esta disciplina le era ajena. Sin embargo, sí son los suficientes para poder decir que este género de la escritura es mi favorito, porque desde mi punto de vista, los cuentos son como dulces que saboreas el tiempo que tardan en deshacerse en la boca.